ŒUVRES COMPLÈTES

D'OCTAVE FEUILLET

DE L'ACADÉMIE FRANÇAISE

HISTOIRE D'UNE PARISIENNE

CALMANN LÉVY, ÉDITEUR

ŒUVRES COMPLÈTES

D'OCTAVE FEUILLET

DE L'ACADÉMIE FRANÇAISE

Format grand in-18

1027-80 — CORBEIL, typ. et stér. CRÉTÉ.

HISTOIRE

D'UNE

PARISIENNE

PAR

OCTAVE FEUILLET

DE L'ACADÉMIE FRANÇAISE

PARIS

CALMANN LÉVY, ÉDITEUR

ANCIENNE MAISON MICHEL LÉVY FRÈRES

3, RUE AUBER, 3

—

1881

HISTOIRE

D'UNE PARISIENNE

I

Il serait excessif de prétendre que
toutes les jeunes filles à marier sont des
anges ; mais il y a des anges parmi les
jeunes filles à marier. Cela n'est même
pas très rare, et, chose qui paraît d'abord
étrange, cela est peut-être moins rare à
Paris qu'ailleurs. La raison en est simple.
Dans cette puissante serre chaude parisienne, les vertus et les vices, de même

1

que les talents, se développent avec une sorte d'outrance et atteignent leur plus haut point de perfection ou de raffinement. Nulle part au monde on ne respire de plus âcres poisons, ni de plus suaves parfums. Nulle part aussi la femme, quand elle est jolie, ne l'est davantage : nulle part, quand elle est bonne, elle n'est meilleure.

On sait que la marquise de Latour-Mesnil, quoiqu'elle fût à la fois des plus jolies et des meilleures, n'avait pas été particulièrement heureuse avec son mari. Ce n'était point qu'il fût un méchant homme, mais il aimait à s'amuser, et il ne s'amusait pas avec sa femme. Il l'avait en conséquence extrêmement négligée : elle avait beaucoup pleuré en secret sans qu'il s'en fût aperçu ou soucié, puis il était mort laissant à la marquise l'impression qu'elle avait manqué sa vie. Comme c'était une âme douce et modeste, elle eut la bonté de s'en prendre à elle, à l'insuffisance de ses mérites, et, voulant épargner à sa fille une destinée semblable à la sienne, elle s'appliqua à en faire une personne éminemment distinguée et aussi capable que peut l'être une femme de retenir l'amour dans le mariage. — Ces sortes d'éducations exquises sont à Paris, comme ailleurs, la consolation de bien des veuves dont quelquefois le mari vit encore.

Mademoiselle Jeanne Bérengère de Latour-Mesnil avait heureusement reçu du ciel tous les dons qui pouvaient favoriser l'ambition que sa mère concevait pour elle. Son esprit, naturellement très

ouvert et très actif, s'était merveilleuse-
ment prêté dès l'enfance à la délicate
culture maternelle. Plus tard, des maîtres d'élite, soigneusement surveillés et
dirigés, avaient achevé de l'initier aux
notions, aux goûts et aux talents qui sont
la parure intellectuelle d'une femme.
Quant à l'éducation morale, elle eut pour
maître unique sa mère, qui, par le seul
contact et par la pureté du souffle, en fit
une créature aussi saine qu'elle-même.

Aux mérites que nous venons d'indi-
quer mademoiselle de Latour-Mesnil avait
eu l'esprit d'en ajouter un autre dont il
est impossible à la faiblesse humaine de
ne pas tenir compte : elle était extrêmement jolie ; elle avait la taille et la grâce
d'une nymphe avec une mine un peu
sauvage et des rougeurs d'enfant. Sa su-

périorité, dont elle avait une vague conscience, l'embarrassait. Elle en avait à la
fois la fierté et la pudeur. En tête-à-tête
avec sa mère, elle était expansive, en-
thousiaste, et même un peu bavarde ; en
public elle se tenait immobile et muette
comme une belle fleur ; mais ses yeux
magnifiques parlaient pour elle.

Après avoir accompli avec l'aide de
Dieu cette œuvre charmante, la marquise de Latour-Mesnil n'aurait pas mieux
demandé que de se reposer, et elle en
aurait certainement eu le droit. Mais le
repos n'est guère fait pour les mères, et
la marquise ne tarda pas à devenir la
proie d'une agitation fiévreuse que beaucoup de nos lectrices comprendront.
Jeanne Bérengère avait atteint sa dix-
neuvième année, et il fallait songer à la

1.

pourvoir d'un mari. C'est là sans con-
tredit pour les mères une heure solen-
nelle. Qu'elles en soient fort troublées,
ce n'est pas ce qui nous étonne ; ce qui
nous étonne, c'est qu'elles ne le soient
pas encore davantage. Mais si jamais
une mère doit éprouver, en ce moment
critique, de mortelles angoisses, c'est
celle qui a eu, comme madame de Latour-Mesnil, la vertu de bien élever sa
fille : c'est celle qui, en pétrissant de ses
chastes mains cette jeune âme et ce
jeune corps, en a si profondément raf-
finé, épuré, et comme spiritualisé les
instincts. Il faut bien qu'elle se dise,
cette mère, qu'une jeune fille, ainsi faite
et parfaite, est séparée de la plupart des
hommes qui courent nos rues et même
nos salons par un abîme intellectuel et

moral aussi large que celui qui la sépare d'un nègre du Zoulouland. Il faut bien qu'elle se dise que livrer sa fille à un de ces hommes, c'est la livrer à la pire des mésalliances et dégrader indignement son propre ouvrage. Sa responsabilité en pareille matière est d'autant plus lourde que les jeunes filles, dans nos mœurs françaises, sont absolument hors d'état de prendre une part sérieuse au choix de leur mari. A bien peu d'exceptions près, elles aiment d'abord de confiance celui qu'on leur désigne pour fiancé parce qu'elles lui prêtent toutes les qualités qu'elles lui souhaitent.

C'était donc à juste titre que madame de Latour-Mesnil se préoccupait avec anxiété de bien marier sa fille. Mais ce qu'une honnête et spirituelle femme

comme elle entendait par bien marier sa
fille, on aurait peine à le concevoir, si
l'on ne voyait tous les jours que l'expérience personnelle la plus douloureuse,
l'amour maternel le plus vrai, l'esprit le
plus délicat et même la piété la plus haute
ne suffisent pas à enseigner aux mères la
différence d'un beau mariage et d'un
bon mariage. On peut au reste faire l'un
et l'autre en même temps, et c'est assurément ce qu'il y a de mieux ; mais il faut
prendre garde qu'un beau mariage est
souvent le contraire d'un bon, parce qu'il
éblouit et qu'en conséquence il aveugle.

Un beau mariage pour une jeune
personne qui doit apporter, comme mademoiselle de Latour-Mesnil, cinq cent
mille francs de dot à son mari, c'est un
mariage de trois ou quatre millions.

Véritablement il semble qu'une femme peut être heureuse à moins. Mais enfin on avouera qu'il est difficile de refuser quatre millions quand on vous les offre. Or, en 1872, le baron de Maurescamp en offrit six ou sept à mademoiselle de Latour-Mesnil par l'intermédiaire d'une amie commune, qui avait été sa maîtresse, mais qui était bonne femme.

Madame de Latour-Mesnil répondit avec la dignité convenable qu'elle était flattée de cette proposition, et qu'elle demandait néanmoins quelques jours pour y réfléchir et pour s'informer. Mais, aussitôt l'ambassadrice hors de son salon, elle passa chez sa fille en courant, l'attira follement sur son cœur, et fondit en larmes.

— Un mari alors? dit Jeanne, en

fixant sur sa mère ses grands yeux de feu.

La mère fit signe que oui.

— Quel est ce monsieur ? reprit Jeanne.

— M. de Maurescamp !.. Ah ! vois-tu, ma fillette, c'est trop beau !..

Habituée à regarder sa mère comme infaillible et la voyant si heureuse, mademoiselle Jeanne n'hésita pas à l'être aussi, et les deux pauvres chères créatures échangèrent longtemps leurs baisers et leurs pleurs.

Pendant les huit jours qui suivirent et que madame de Latour-Mesnil crut sincèrement consacrer à une enquête sérieuse sur la personne de M. de Maurescamp, elle n'eut guère en réalité d'autre préoccupation que de fermer ses yeux et ses oreilles pour ne pas être dérangée dans son rêve. Au surplus, elle reçut de sa famille et de ses amis des félicitations si enthousiastes au sujet de ce mariage magnifique, elle lut tant de dépit et de jalousie dans les yeux des mères rivales, qu'elle eut tout lieu de se fortifier dans sa détermination. — M. de Maurescamp fut donc formellement agréé.

Il se fait des mariages plus ridicules —, par exemple ceux qui se concluent au juger, après une entrevue unique dans quelque loge de théâtre, entre deux inconnus qui plus tard se connaîtront beaucoup trop. Du moins madame de Latour-Mesnil et sa fille avaient quelquefois rencontré dans le monde M. de Maurescamp : il n'était pas de leur intimité, mais elles l'avaient vu, çà et là, au spectacle, au

Bois : elles savaient son nom et connais-
saient ses chevaux. C'était quelque chose.

M. de Maurescamp n'était pas au reste
sans présenter quelques apparences spé-
cieuses. C'était un homme d'une tren-
taine d'années, qui menait avec un certain éclat la haute vie parisienne. Il tenait
son titre de son grand-père, général sous
le premier empire, et sa fortune de son
père, qui l'avait conquise honorablement
dans l'industrie. Lui-même occupait,
grâce à son nom décoratif, quelques
agréables sinécures dans de hautes so-
ciétés financières. Fils unique et million-
naire, il avait été fort gâté par sa mère,
par ses domestiques, ses amis et ses
maîtresses. Sa confiance en lui-même,
son aplomb convaincu, sa grande fortune
imposaient au monde, et il ne manquait

pas de gens qui l'admiraient. On l'écoutait dans son cercle avec un certain respect. Blasé, sceptique, railleur froid et
hautain de tout ce qui n'était pas pratique, profondément ignorant d'ailleurs, il
parlait d'une voix grasse et forte, avec
autorité et prépondérance. Il s'était formé
sur les choses de ce monde, et particulièrement sur les femmes, qu'il méprisait,
quelques idées assez médiocres qu'il éri-
geait en principes et en systèmes simplement parce qu'elles avaient l'honneur de
lui appartenir. — « J'ai pour principe... Il
entre dans mes principes... J'ai pour
système... Voilà mon système! » — Ces
formules revenaient à toute minute sur
ses lèvres. S'il fût né pauvre, il n'eût été
qu'un homme ordinaire : riche, c'était
un sot.

Le choix que ce personnage avait fait de mademoiselle de Latour-Mesnil peut surprendre au premier abord. C'était de sa part avant tout un trait de haute vanité, et c'était aussi un calcul. On vantait dans le monde parisien mademoiselle de La-tour-Mesnil comme une jeune personne accomplie. Habitué à ne se rien refuser et à primer en tout, il lui parut glorieux de se l'approprier et de mettre à son chapeau cette fleur rare. De plus, il avait pour principe que le vrai moyen de n'être pas malheureux en ménage, c'est d'épouser une jeune fille d'une parfaite éducation. Le principe n'était pas mauvais en soi. Mais ce qu'ignorait M. de Maurescamp, c'est que, pour arracher une de ces plantes choisies de la serre chaude maternelle et la transporter avec succès sur le terrain

du mariage, il faut être un horticulteur
de premier ordre.

Physiquement, M. de Maurescamp
était un grand et beau garçon, un peu
haut en couleur et d'une élégance un peu
lourde. Fort comme un taureau, il paraissait désirer d'accroître indéfiniment ses
forces; il jonglait le matin avec des hal-
tères, faisait des armes, se plongeait
deux fois par jour dans l'eau glacée et dé-
veloppait avec orgueil dans des vestons
collants un torse suisse.

Tel était l'homme à qui madame de
Latour-Mesnil jugea heureux et sage de
confier la destinée de l'ange qui était sa
fille. Elle avait, il est vrai, une excuse qui
est celle de bien des mères en pareil cas :
elle était un peu amoureuse de son futur
gendre, à qui elle savait un gré infini

d'avoir distingué sa fille; elle le trouvait supérieurement intelligent et spirituel pour avoir su apprécier l'esprit de sa fille; elle le trouvait honnête homme et délicat pour avoir préféré dans la personne de sa fille la beauté et le mérite à des avantages plus positifs.

Quant à Jeanne elle-même, elle était naturellement disposée, ainsi que nous l'avons dit, à adopter en toute confiance le choix de sa mère. Elle était, en outre, comme toutes les jeunes filles, toute prête à enrichir de son fonds personnel le premier homme qu'on lui permettait d'aimer, à le parer de sa propre poésie, à refléter sur lui sa beauté morale et à le transfigurer enfin de son pur rayonnement.

Il faut convenir aussi que M. de Maurescamp, une fois admis à faire sa cour, eut une tenue, des procédés et un langage qui répondaient passablement à l'idée qu'une jeune fille peut se faire d'un homme amoureux et d'un homme aimable. Tous les fiancés qui ont du monde et une bourse bien garnie se ressemblent volontiers. Les bonbons, les bouquets, les bijoux leur composent une sorte de poésie suffisante. De plus, les moins romanesques sentent d'instinct qu'il faut faire en ces occasions une certaine dépense d'idéal, et il n'est pas rare d'entendre des hommes s'exalter poétiquement devant leur future, pour la première et pour la dernière fois de leur vie, comme on parle une langue particulière aux enfants et aux petits chiens dont on veut gagner la faveur.

Cette phase d'illusion et d'enchante-

2.

ment se prolongea pour mademoiselle de
Latour-Mesnil à travers les magnifi-
cences de la corbeille jusqu'aux douces
splendeurs du mariage religieux. En ce
jour suprême, agenouillée devant le
maître-autel de Sainte-Clotilde, sous la
lueur stellaire des cierges, au milieu des
buissons de fleurs qui l'enveloppaient, la
main dans la main de son époux, le
cœur débordant de piété reconnaissante
et d'amour heureux, Jeanne-Bérengère
toucha le ciel.

Il n'est pas téméraire d'affirmer qu'au
delà de ces heures charmantes le mariage
n'est plus pour les trois quarts des femmes qu'une déception. — Mais le mot
déception est bien faible quand il s'agit
d'exprimer ce que peuvent ressentir une
âme et un esprit d'une culture exquise

dans l'intimité conjugale d'un homme
vulgaire. Sur la façon de plaire aux
femmes et de les attacher à leur mari,
M. de Maurescamp avait des principes
qu'il serait difficile de formuler convena-
blement. On en aura dit assez et trop en
laissant entendre que pour lui, l'amour
n'étant autre chose que le désir, la vertu
des femmes n'était autre chose que le
désir assouvi.

M. de Maurescamp se trompait de
date : il aurait pu avoir raison dans ses
théories à cet âge lointain du monde où
l'homme et la femme se distinguaient à
peine de l'ours des cavernes. Mais il ou-
bliait trop qu'une jeune Parisienne polie
par la civilisation et affinée par la plus
délicate éducation ne cesse pas assurément d'être une femme, mais qu'elle

cesse absolument d'être un animal. Si elle retourne à l'état sauvage, ce qui n'est pas sans exemple, c'est son mari qui l'y ramène.

II

Dès les premiers jours, il y eut dans ce jeune ménage un léger sentiment de froideur de part et d'autre ; c'était chez elle l'amertume de trouver l'amour et la passion si différents de ce qu'elle en avait attendu ; chez lui, c'était le froissement d'un bel homme qui ne se sent pas apprécié. Cependant madame de Maurescamp, malgré le chaos qui s'agitait dans son cerveau, montrait à sa mère et au public ce front serein et impassible qui surprend toujours chez les jeunes mariées et qui témoigne de la puissance de dissimulation de la femme. L'organisation de sa vie nouvelle dans son superbe hôtel de l'avenue de l'Alma, l'étourdissement des fêtes qui saluèrent son mariage, l'éblouissement de son train de maison, de ses équipages et de ses toilettes, tout cela l'aida sans doute, — car elle était femme, — à traverser sans trop de réflexion et de découragement les premiers temps de son mariage. Mais les jouissances du luxe et de la vie matérielle, outre qu'elles n'étaient pas absolument nouvelles pour la fille de madame de Latour-Mesnil, sont de celles sur lesquelles on se blase vite. Elle avait d'ailleurs vécu avec sa mère dans une région trop élevée pour se contenter des banalités de l'existence mondaine, et au milieu de son tourbillon elle était ressaisie à tout instant par la nostalgie des hauteurs. Le rêve le plus cher de sa jeunesse avait été de continuer avec son mari, dans la plus tendre et la plus ardente union de leurs deux âmes, l'espèce de vie idéale à laquelle sa mère l'avait initiée en partageant avec elle ses lectures favorites, ses pensées et ses réflexions sur toutes choses, ses croyances, et enfin ses enthousiasmes devant les grands spectacles de la nature ou les belles œuvres du génie. On juge combien M. de Maurescamp devait se prêter à une telle communion. Cette vie idéale, si salutaire à tous, si nécessaire aux femmes, il la refusa à la sienne non seulement par grossièreté et par ignorance, mais aussi par système. A cet égard encore, il avait un principe : c'était que l'esprit romanesque est la véritable et même l'unique cause de la perdition des femmes. En conséquence, il estimait que tout ce qui peut leur échauffer l'imagination, — la poésie, la musique, l'art sous toutes ses formes et même la religion, — ne doit leur être permis qu'à très petites doses. Plus d'une fois sa jeune femme essaya de l'intéresser à ce qui l'intéressait elle-même. Elle avait une jolie voix, et elle lui chantait les airs qu'elle aimait ; mais, dès que son chant se passionnait un peu :

— Non ! non ! s'écriait son mari en bouffonnant, pas tant d'âme, ma chère, ou je m'évanouis !

Elle avait le goût des poètes et des romanciers anglais ; elle lui vanta beaucoup Tennyson, qu'elle adorait, et com-

mença de lui en traduire un passage.
Aussitôt M. de Maurescamp, avec la
même humeur bouffonne, se mit à pousser des cris de damné et à frapper des
deux poings sur le piano pour ne pas entendre. — C'est ainsi qu'il prétendait la
dégoûter de la poésie —, sans se douter
qu'il risquait de la dégoûter bien plutôt de
la prose. — Au théâtre, aux expositions,
en voyage, c'étaient les mêmes railleries
et les mêmes facéties glaciales à propos
de tout ce qui éveillait chez sa femme
une émotion un peu vive.

Madame de Maurescamp prit donc peu à
peu l'habitude de renfermer en elle-même
tous les sentiments qui font le prix de la
vie pour les êtres délicats et généreux.
Ne voyant plus de flammes au dehors,
M. de Maurescamp se persuada que

3

l'incendie était éteint, et s'en glorifia.

— Toutes ces diablesses de femmes, disait-il à ses amis du cercle, sont toujours dans les nuages, et ça finit mal. J'ai pris la mienne toute petite et j'ai soufflé sur toutes ses bêtises romantiques... Maintenant la voilà tranquille, — et moi aussi!... Eh! mon Dieu! il faut qu'une femme se remue, qu'elle trotte, qu'elle coure les magasins, qu'elle aille luncher chez ses amies, qu'elle monte à cheval, qu'elle chasse : voilà la vraie vie d'une femme... ça ne lui laisse pas le temps de penser... c'est parfait! Tandis que, si elle reste dans un coin à rêvasser avec Chopin ou avec Tennyson,.. va te promener,.. tout est flambé!.. Voilà mon système!

Il était impossible que la pauvreté de ce

système, et généralement la pénurie intellectuelle de son mari, échappât à un esprit aussi vif que celui de madame de Maurescamp. Elle ne fut donc pas longtemps dupe de son ton important et de ses façons autoritaires. Les hommes ne connaissent pas toujours bien leur femme, mais les femmes connaissent toujours parfaitement leur mari. Un an ne s'était pas écoulé que les derniers voiles et les derniers prestiges étaient tombés : madame de Maurescamp était forcée de reconnaître qu'elle était liée pour la vie à un homme dont les sentiments étaient bas et l'esprit nul. Elle avait l'horreur de s'apercevoir qu'elle méprisait son mari. C'est un grand mérite pour une femme qui fait de pareilles découvertes que de n'en pas moins rester une épouse aimable et soumise. Madame de Maurescamp eut ce mérite ; mais, pour l'avoir, elle eut besoin de se rappeler souvent qu'elle était chrétienne, c'est-à-dire d'une religion qui aime l'épreuve et le sacrifice.

Elle n'en fut pas moins très enchantée d'un événement assez prévu qui lui arriva environ deux ans après son mariage et qui, en lui promettant une chère consolation, lui assurait pour quelque temps dans son intérieur conjugal une indépendance et une solitude relatives. Bientôt la naissance d'un fils vint lui donner la seule joie pure et complète qu'elle eût goûtée depuis le jour de ses noces : ce bonheur-là est habituellement le seul, en effet, qui réalise dans le mariage tout ce qu'on s'en était promis.

Madame de Maurescamp, comme on le devine, voulut nourrir son fils ; elle remplit ce devoir avec d'autant plus de plaisir qu'il lui permettait de gagner encore du temps et de prolonger à l'égard de son mari une situation dont elle s'accommodait à merveille. Mais enfin le moment vint où l'enfant dut être sevré. Ce fut vers ce temps-là que M. de Maurescamp eut un soir la surprise de voir sa femme descendre pour le dîner avec une coiffure à la Titus : elle avait fait raser ses magnifiques cheveux sous le prétexte qu'ils tombaient, ce qui n'était pas vrai. Mais elle espérait que ce pénible sacrifice, en l'enlaidissant un peu, lui en épargnerait de plus pénibles encore. Elle avait compté sans son hôte. M. de Maurescamp, fort au contraire, trouva que cette coiffure de

3.

petit soldat lui prêtait quelque chose
d'original et de piquant. La pauvre
femme en fut donc pour ses frais et
n'eut plus qu'à laisser repousser ses
cheveux.

Cependant la délivrance à laquelle elle
aspirait dans le secret de son cœur devait
lui venir pour ainsi dire d'elle-même et
du côté où elle l'attendait le moins. —
Une charmante et noble créature comme
elle était très capable d'inspirer, comme
de ressentir, la plus profonde, la plus
ardente et la plus durable passion : elle
eût été digne de prendre place parmi les
amants immortels dont l'histoire et la
légende ont consacré les attachements
impérissables. Mais l'amour de M. de
Maurescamp ne contenait aucun élément
impérissable : c'était, — pour employer

une expression de ce temps, — un amour
naturaliste, et les amours naturalistes,
quoiqu'ils ne ressemblent guère à la rose,
en ont cependant l'éphémère durée. Il
se disait depuis longtemps, et il laissait
entendre à ses amis, qu'il avait épousé
une statue assez agréable à voir, mais
dont les glaces auraient découragé Pyg-
malion lui-même. Il le disait même en
termes moins honnêtes, empruntant plus
volontiers ses comparaisons à l'histoire
naturelle qu'à la mythologie. Au fond,
M. de Maurescamp, qui était d'un naturel
très jaloux, n'était pas autrement fâché
d'une circonstance qui lui semblait être
une forte garantie de sécurité domestique. Bref, dépité de se voir méconnu,
ennuyé des scrupules et des objections
diverses qu'on lui opposait sans cesse,

occupé d'ailleurs autre part plus agréablement, il se retira définitivement sous
sa tente, d'où sa femme n'essaya pas de
le faire sortir.

III

De ce qu'une femme renonce à l'a-
mour particulier de son mari, on aurait
tort de conclure, comme le faisait M. de
Maurescamp, qu'elle renonce à l'amour
en général. Après les premiers désen-
chantements d'une union mal assortie,
une femme se remet du choc et se
recueille; elle reprend son rêve inter-
rompu; elle reforme son idéal un moment ébranlé; elle se dit, non sans raison, qu'il est impossible que le monde
fasse autour de l'amour tant de bruit

pour rien; qu'il est impossible que cette
grande passion qui remplit la Fable et
l'histoire, chantée par tous les poètes,
glorifiée par tous les arts, éternel entretien des hommes et des dieux, ne soit en
réalité qu'une vaine et même une déplai-
sante chimère; elle ne peut imaginer
que de tels hommages soient rendus à
une divinité vulgaire, que de si magnifiques autels soient dressés de siècle
en siècle à une plate idole. L'amour
demeure donc malgré tout et à travers
tout la principale curiosité de sa pensée
et la perpétuelle obsession de son cœur.
Elle sait qu'il est, que d'autres l'ont
connu, et elle se résigne difficilement
à vivre et à mourir elle-même sans le
connaître.

C'est assurément un danger pour une

femme que de garder et de nourrir, après les déceptions communes du mariage, cet idéal d'un amour inconnu ; mais il y a pour elle un danger plus grand encore, c'est de le perdre.

Madame de Maurescamp se lia, à cette époque, d'une étroite amitié avec madame d'Hermany, qui était plus âgée qu'elle de deux ou trois ans. L'amitié est la tentation naturelle d'une honnête femme qui veut le rester et dont le cœur est vide. Si satisfaite qu'elle fût de son indépendance reconquise, Jeanne de Maurescamp n'avait que vingt-quatre ans, et son honnêteté même n'envisageait pas sans effroi la longue perspective de solitude et de détresse morales qui s'étendait devant elle. Ni sa mère, à qui elle épargnait ses chagrins pour ne

pas sembler lui en faire des reproches,
ni son fils, trop jeune pour l'occuper
beaucoup, ni même sa foi, déjà troublée
par l'indifférence ironique du monde,
ne pouvaient suffire à son immense
besoin de confidence, d'expansion et de
soutien. Elle se jeta donc avec toute
l'ardeur tendre et un peu exaltée de son
âme dans un sentiment qui lui parut
devoir être à la fois pour elle une consolation et une sauvegarde.

Madame d'Hermany, qu'elle honora
de son amitié, était alors, comme à
présent, une personne d'une extrême
séduction; elle appartenait à la variété
rare et exquise des blondes tragiques;
sans être grande, elle imposait par la
perfection même de sa beauté, par
l'éclat étrange de ses yeux d'un bleu

sombre, par le rayonnement intelligent
de son front plein et pur : il y avait au
coin de sa bouche fine un pli mystérieux
qui semblait creusé par un amer dédain.
Elle avait été, disait-on, très malheureuse, et une certaine conformité de
destinée la rapprochait de madame de
Maurescamp. On l'avait mariée comme
elle avec une légèreté coupable; comme
elle aussi, elle en était venue, quoique
par un chemin différent, à ce divorce
amiable si fréquent dans les ménages
mondains. Elle avait épousé son cousin
d'Hermany, jeune homme d'un physique
agréable, mais qui avait les goûts et les
mœurs d'un drôle. La légende disait
qu'il avait non seulement continué sa
vie de garçon après son mariage, mais
qu'il l'avait fait partager à sa femme,

soit par une sorte de malignité perverse
qui est assez à la mode, soit simplement par sottise. Il l'avait fourvoyée à
sa suite dans les fêtes du monde inter-
lope, dans les parties de jeunes gens,
les déjeuners de courses, les soupers
de restaurant. On contait que dans un
de ces soupers, auquel assistait un
prince étranger, la jeune femme, outrée
de la liberté de langage qu'on se permettait devant elle, et se révoltant enfin,
avait souffleté un des convives : les uns
prétendaient que c'était son mari, les
autres que c'était le prince étranger.
Quoi qu'il en soit, à dater de ce
fameux soufflet, qu'il l'eût reçu ou non,
M. d'Hermany avait été invité à se consi-
dérer comme veuf. Il n'en fut pas fâché ;
car sa femme, dont il ne pouvait mécon-

naître l'écrasante supériorité, lui faisait
une telle peur qu'il se grisait toujours
un peu le soir pour se donner du cœur
avant de se présenter chez elle.

Cette légende, qui était à peu de chose
près de l'histoire, madame de Maurescamp la connaissait, et elle y ajoutait de
son fonds tout ce qui pouvait rendre plus.
intéressant le rôle qu'y avait joué madame d'Hermany. Elle se la représentait
plongée toute vive et toute pure dans un
monde infâme, elle l'en voyait sortir
indignée et sans tache, et elle aimait
à poser sur son front charmant le nimbe
des jeunes martyres chrétiennes. Flattée
et touchée de ce culte aimable, madame
d'Hermany lui rendait son affection, avec
moins d'enthousiasme mais avec sincérité. Très spirituelle, instruite, un peu

artiste, elle était très capable d'apprécier les mérites de madame de Maurescamp et de lui donner la réplique. Elle connut bientôt tous les secrets de Jeanne, et Jeanne crut connaître tous les siens. Leurs deux existences se mêlèrent intimement. Elles firent leurs visites ensemble et coururent ensemble les magasins ; elles eurent la même loge à l'Opéra et aux Français ; elles allèrent ensemble aux cours de la Sorbonne, et, quand l'été fut venu, elles s'établirent toutes deux à Deauville dans la même villa.

Ce fut là qu'arriva un incident qui devait laisser dans le souvenir de madame de Maurescamp une trace profonde.

Quoique se tenant fort bien, les deux gracieuses amies menaient la vie du monde et étaient naturellement très en-

tourées. Un si joli attelage, comme disait
M. d'Hermany, ne pouvait manquer
d'admirateurs. Leurs danseurs de Paris
peuplaient la côte, de Trouville à Ca-
bourg. Par surcroît, M. de Maurescamp
et M. d'Hermany, avec l'obligeance ordinaire des maris, avaient soin d'en ame-
ner quelques-uns avec eux tous les
samedis soir comme en-cas. Les hommages de tous ces dilettantes étaient ac-
cueillis sans pruderie comme sans fami-
liarité, avec l'aisance tranquille et rieuse
qui caractérise les femmes du monde
qui sont honnêtes et pareillement celles
qui ne le sont pas. Le soir, quand madame de Maurescamp et madame d'Hermany se retrouvaient tête à tête, elles
se plaisaient, avant de rentrer chez elles,
à passer une revue satirique des préten-

dants du jour ; c'était ce qu'elles appe-
laient : *le massacre des innocents,* — et
quelquefois *la curée aux flambeaux.* Madame d'Hermany apportait dans ces exé-
cutions nocturnes une véritable férocité.
Parmi ceux qu'elle traitait le plus mal
figurait en tête un jeune homme du nom
de Saville, qu'on appelait le beau Saville,
et qui était, disait-elle, le conducteur de
cotillon le plus stupide qu'elle eût jamais
rencontré. Madame   de   Maurescamp,
moins amère, le trouvait beau garçon et
bon enfant. Sur quoi madame d'Hermany
lui reprochait en riant d'avoir pour les
petits jeunes gens un goût de pension-
naire et de blanchisseuse. Quant à elle,
si elle n'eût été, pour de bonnes raisons,
dégoûtée à jamais de l'amour et des
amoureux, elle n'eût pu aimer qu'un

Puis, se retournant vers un homme qui se tenait au milieu du salon dans une attitude assez embarrassée :

— Allons ! va-t'en ! — lui dit-elle.

L'homme salua et sortit par le jardin : — c'était le beau Saville.

Madame de Maurescamp, dans l'extrême étonnement de cette double découverte, laissa échapper son bougeoir qui s'éteignit : puis, après quelques secondes d'immobilité et de stupeur, elle s'affaissa sur un divan qui était près d'elle, couvrit son visage de ses mains, et se mit à sangloter.

Madame d'Hermany cependant, les cheveux dénoués, dans le désordre d'une bacchante, allait et venait dans les ténèbres à travers le salon, — S'arrêtant tout à coup devant Jeanne :

— Ainsi, dit-elle, vous me preniez pour une sainte !

— Oui ! dit Jeanne simplement.

Madame d'Hermany leva les épaules et fit encore quelques pas. Puis reprenant brusquement :

— Comment avez-vous pu croire cela ! Comment avez-vous pu penser que j'avais traversé impunément le bourbier où mon misérable mari m'a traînée !

Jeanne ne répondait pas ; elle suffoquait.

— Vous souffrez, mon enfant ?

— Beaucoup !

— Allons ! venez respirer l'air ; venez !

Elle lui prit la main, la souleva avec une sorte de violence, et l'entraîna au dehors. Elle la fit asseoir sur la petite terrasse de la vérandah et resta debout à deux pas d'elle, appuyée contre une des colonnettes qui soutenaient la galerie. Elle regardait fixement la mer sur laquelle continuaient de passer des lueurs intermittentes. — Après un long silence, elle éleva de nouveau la voix :

— Vous êtes folle, ma pauvre Jeanne ! — dit-elle. Vous êtes folle, comme je l'ai été et comme nous le sommes toutes au début de la vie !.. Mon mari, après tout, m'a rendu service, sans le vouloir... il m'a dégagée de mes langes, il m'a soulagée de mon excès d'idéal. La vérité est, ma chère, que nous sommes toutes ridiculement élevées... Ces éducations éthérées nous faussent l'esprit... La vérité est qu'il n'y a rien sur la terre, — ni dans le ciel, j'en ai peur ! — qui puisse répondre à l'idée qu'on nous donne

du bonheur... On nous élève comme de
purs esprits, et nous ne sommes que des
femmes, des filles d'Ève... rien de plus...
Nous sommes bien forcées d'en rabattre...
ou de mourir sans avoir vécu... Qui veut
faire l'ange fait la bête, vous savez ?.. Ah!
mon Dieu! personne n'est entré dans la
vie avec une âme plus pure que moi, je
vous assure, avec des illusions plus géné-
reuses... des croyances plus hautes...
Eh bien, quoi! j'ai reconnu... un peu plus
vite qu'une autre grâce à mon honnête
homme de mari... j'ai reconnu que tout
cela était sans objet, sans application,
sans réalité... que personne ne me comprenait... que je parlais une langue
étrangère à notre planète... que j'étais
seule de mon espèce enfin... il a bien
fallu me résigner à déchoir... à accepter

homme fait et même mûr; et elle faisait alors de cet homme mûr qu'elle eût aimé un portrait sévère et magistral qui malheureusement ne ressemblait à per-sonne.

Un soir de la fin d'août, Jeanne de Maurescamp s'était retirée dans sa cham-bre pour écrire à sa mère avant de se mettre au lit. Il était plus d'une heure après minuit quand elle termina sa cor-respondance. La nuit était orageuse, et, en s'approchant d'une fenêtre, elle vit de magnifiques éclairs entr'ouvrir l'horizon et sillonner silencieusement la mer. Par intervalles des grondements lointains, pa-reils à la voix du lion dans quelque désert africain, se mêlaient à la fête. Elle savait que madame d'Hermany adorait comme elle ces grandes scènes dramatiques de

la nature, et la croyant encore debout —
(elle lui avait dit qu'elle écrirait aussi ce
soir-là) — elle descendit à l'étage inférieur
et frappa doucement à la porte de son
amie. Ne recevant pas de réponse, elle
la jugea endormie. Elle eut alors l'idée
de descendre seule au rez-de-chaussée
pour mieux voir à travers les larges fenêtres de la vérandah les jeux de la
foudre sur l'Océan. Quand elle ouvrit la
porte du salon, son bougeoir à la main,
elle entrevit dans la demi-obscurité deux
formes humaines qui se dressèrent brusquement devant elle : elle poussa un
léger cri d'effroi qu'elle étouffa aussitôt
en reconnaissant madame d'Hermany, qui
s'élança sur elle et lui saisit le poignet,
en disant vivement :

— Taisez-vous !

les seuls plaisirs réels dont ce monde-ci dispose... Après avoir rêvé des amours extraordinaires, je me suis contentée d'un amour ordinaire... parce qu'il n'y en a pas d'autres... parce qu'il faut bien remplir sa destinée, et que la destinée d'une femme est d'aimer et d'être aimée... voilà, ma chère!.. que voulez-vous? Je suis un archange tombé... et j'essaye de vous entraîner dans ma chute... n'est-ce pas?.. C'est votre pensée?.. Je la lis dans vos grands yeux à chaque éclair qui passe... Du reste, la mise en scène y est !.. ce ciel et cette mer en feu... et moi, là... les cheveux au vent... et tendant mon front à la foudre!.. Très poétique ! ne trouvez-vous pas?.. C'est égal, je suis une fière misérable de vous dire tout cela !.. il est toujours temps de l'apprendre!..

— Pourquoi me le dites-vous? demanda Jeanne, qui, pendant cet étrange discours, avait repris un peu de calme.

— Est-ce que je sais ? dit madame d'Hermany. — Ah! Dieu merci! voilà la pluie!

Elle descendit brusquement deux ou trois marches du perron, exposant sa tête nue à la pluie, qui commençait à tomber avec force. En même temps elle secouait ses cheveux, recueillant de larges gouttes dans ses deux mains et s'en humectant le front.

— Je vous en prie, Louise, rentrez ! — dit doucement madame de Maurescamp.

Elle remonta lentement, et, s'arrêtant devant Jeanne, elle dit d'un accent bref et hautain :

— Il faut nous dire adieu, je suppose?

— Pourquoi donc? dit Jeanne, qui se leva. Je n'ai pas la prétention de réformer le monde... Je vous demanderai seulement de ne plus me parler jamais de vos amours ni des miens... Sur tout le reste nous nous entendrons bien... Votre amitié restera pour moi une grande ressource... et j'espère que la mienne vous sera bonne...

Madame d'Hermany l'attira violemment sur son sein et l'embrassa :

— Merci! dit-elle.

Elles montèrent chez elles. — Deux heures plus tard, le jour naissant trouvait encore Jeanne assise sur le pied de son lit, les joues humides et les yeux fixes dans le vide.

IV

Rien ne trouble plus profondément
notre être moral que de découvrir les
défaillances de ceux qui personnifient
pour nous le bien et l'honneur, qu'ils
soient nos parents, nos amis ou nos
maîtres. Quand nous cessons d'estimer
ceux en qui nous avions placé notre
confiance et nos respects, nous sommes
portés à douter des vertus mêmes dont
ils étaient pour nous l'image sensible.
Les fausses idoles nous font suspecter la
religion elle-même.

Ce fut par cette raison, spécieuse, mais très humaine, que madame de Maurescamp, après avoir reconnu amèrement l'indignité morale de son amie, tomba dans des doutes et des découragements aussi pénibles que dangereux. D'un caractère trop élevé pour rompre avec éclat une amitié qui lui avait été si chère et qui était si publique, elle n'en sentit pas moins aussitôt que cette amitié n'était plus. Elle avait sans doute aimé chez madame d'Hermany ses qualités réelles, mais encore plus celles dont elle l'avait douée. L'auréole radieuse qu'elle lui avait mise au front était à jamais éteinte, et même éteinte dans la boue comme un soleil de feu d'artifice.

Elle lui eût pardonné un amour, même coupable, qui eût été justifié par son

objet ; elle lui eût pardonné Pétrarque,
Dante ou Gœthe, mais elle ne lui pardonnait pas le beau Saville. Elle ne lui pardonnait pas son affectation hypocrite à le
couvrir de ridicule ; elle ne lui pardonnait
pas surtout d'avoir tenté de la démora-
liser elle-même, en lui exposant, avec un
orgueil de démon, ses théories perverses ;
elle le lui pardonnait d'autant moins
qu'elle sentait qu'elle avait à demi réussi,
et que, peu à peu, le poison faisait du
chemin dans ses veines.

En effet, sous l'impression de ce nouveau désenchantement, Jeanne de Maurescamp porta désormais dans le monde
moins d'illusions et d'optimisme qu'autrefois. Elle observa d'un œil plus expé-
rimenté ce qui se passait autour d'elle ;
beaucoup de propos, qu'elle avait traités

de calomnies, lui parurent vraisembla-
bles ; beaucoup de commerces qu'elle
avait jugés innocents, lui devinrent sus-
pects. Après avoir vu dans le monde plus
de vertus qu'il n'y en a, elle commença
à n'y en plus voir du tout. Elle commença
à se demander si elle n'était pas vraiment, comme l'avait dit madame d'Hermany, seule de son espèce, si ses sentiments et ses idées sur la vie, et, en
particulier, sur l'amour, n'étaient pas
uniquement le produit d'une éducation
artificielle et d'une imagination dupée par
les mensonges des poètes, — si enfin le
plaisir, tel quel, ne valait pas mieux que
rien. — C'est un spectacle touchant et
plein d'émotion que celui d'une honnête
jeune femme, arrivée à cette étape
presque inévitable de la vie mondaine,

se débattant dans ces angoisses, et sur le point de tomber brusquement d'un excès idéal dans un excès de réalité.

Outre les philosophes, il y a toujours bon nombre de curieux pour suivre avec intérêt ces sortes de petits drames. Le monde est plein de gens qui n'ont rien de mieux à faire, qui espèrent d'ailleurs trouver leur compte au dénouement, et qui s'ingénient en conséquence pour le hâter. Un des plus ingénieux en ce genre était alors le vicomte de Monthélin, fort connu dans la haute société parisienne. M. de Monthélin aimait exclusivement l'amour, et c'était déjà, pour lui, un titre aux yeux des dames. Il ne jouait pas, ne fumait pas, n'allait que rarement au cercle. Quand, après dîner, tous les convives mâles se rendaient au fumoir,

il restait avec les femmes. Tout cela lui
donnait de grands avantages, et il en abu-
sait avec plaisir. Il n'était plus jeune, mais
il était encore élégant, beau diseur, avec
des airs chevaleresques et un cœur qui
était une véritable sentine de corruption.
Il avait consacré son existence, déjà
longue, à flairer les ménages en détresse
et à les achever. C'était sa spécialité.
Deux ou trois duels heureux, — dont un
avec le comte Jacques de Lerne, qui
l'avait appelé le *Requin des salons,* —
avaient mis le comble à sa réputation.

Dans l'hiver qui suivit la saison passée
à Deauville par les deux jeunes amies, il
fut évident que M. de Monthélin regardait
madame de Maurescamp comme une proie
à peu près mûre. On le vit resserrer ses
liens d'amitié avec M. de Maurescamp,

en même temps qu'il resserrait le cercle de ses opérations autour de sa femme. Les visites chez elle, à l'entre chien et loup, devinrent plus fréquentes ; il s'arrangea de façon à la croiser au Bois le matin, et se présenta régulièrement dans sa loge, le vendredi à l'Opéra, et le mardi aux Français.

Dans son profond énervement moral, et dans son esseulement désespéré, Jeanne subissait, presque sans se défendre, la fascination qu'exerce presque toujours sur son sexe la volonté fixe et déterminée d'un homme. Elle se sentait peu à peu prise de vertige au milieu des évolutions savantes et continues que M. de Monthélin décrivait autour d'elle. Elle ne tarda pas à lui accorder les menues faveurs qui sont le prélude ordi-

naire d'un abandon complet. Ce fut ainsi
qu'elle prit l'habitude de l'informer des
visites qu'elle comptait faire, des mai-
sons où il pouvait la rencontrer dans la
journée ; elle lui indiquait aussi les
heures où il avait le plus de chances de la
trouver seule chez elle ; dans les bals,
comme il ne dansait pas, elle lui réser-
vait quelques danses assises, c'est-à-dire
des occasions de tête-à-tête derrière
l'éventail, sous l'ombre d'un rideau ou
sous les feuillages d'une serre. Ces ma-
nèges, faute de mieux, lui causaient une
sorte de trouble qui l'occupait ; l'émotion du danger, en agitant ses nerfs, lui
donnait l'illusion d'un intérêt de cœur.
Bref, la pauvre et noble Jeanne était
vraisemblablement à la veille de la
plus vulgaire des chutes, quand un nou-

veau personnage intervint dans l'action.

C'était une femme, — une vieille femme, — la comtesse de Lerne, mère de ce Jacques de Lerne qui avait été blessé en duel, quelques années auparavant, par M. de Monthélin. Madame de Lerne avait toujours été une femme sans principes, mais sans méchanceté, quoique pleine d'esprit. Elle avait eu le bon goût de ne pas devenir prude après avoir été plus que coquette. Son indulgence pour les faiblesses qu'elle avait connues, sa bonne humeur, son bon conseil, sa situation de famille et de fortune, lui assuraient, malgré les souvenirs fort vifs de sa jeunesse, une sympathie générale. Elle avait un salon très recherché, où elle réunissait des hommes distingués appartenant à la politique, à la littéra-

ture et aux arts. Elle leur adjoignait
quelques jolies femmes pour orner le
paysage. Jeanne de Maurescamp, avec
son élégante beauté et sa supériorité
timide, était un des charmes de ce salon
modèle, et il n'y avait pas d'attentions et
de flatteries que la vieille comtesse ne
lui prodiguât pour l'y attirer et l'y retenir.
Elle avait pour cela deux raisons : la première, fort avouable, était de rehausser
l'éclat de ses réceptions; la seconde, moins
orthodoxe, était de faire de madame
de Maurescamp la maîtresse de son fils.

Elle avait perdu, il y avait sept ou huit
ans, l'aîné de ses fils, Guy de Lerne ; le
second, Jacques, sortait de Saint-Cyr
quand son frère mourut. Voyant sa mère
seule, il avait donné sa démission pour
vivre auprès d'elle. C'était un jeune

homme très bien doué, qui eût certainement pu, s'il l'eût voulu, pousser ses dons
naturels jusqu'au talent. Il peignait des
aquarelles fort agréablement. Mais il
était surtout excellent musicien, et quel-
ques-unes de ses compositions, valses,
berceuses, symphonies, étaient d'un mérite tout à fait supérieur. Mais soit indo-
lence naturelle, soit découragement de
sa carrière brisée, il était demeuré un
simple dilettante, et de plus il était
devenu un assez mauvais sujet. Excepté
chez sa mère, où le devoir le retenait,
on le voyait peu dans le vrai monde, où
il ne se plaisait pas, et on le voyait beaucoup dans l'autre où il paraissait se plaire
infiniment. Madame de Lerne avait
d'abord songé à le marier, il faut lui
rendre cette justice : mais elle l'avait

trouvé si récalcitrant sur cet article,
qu'elle s'était rabattue sur l'idée d'une
liaison honorable qui le tirerait du moins
de la mauvaise compagnie. Depuis longtemps elle avait jeté les yeux pour ce
louable objet sur Jeanne de Maurescamp,
dont le sinistre conjugal n'avait pas
échappé à sa vieille expérience. Sans
entrer à cet égard avec son fils dans des
explications malséantes, elle avait donc,
autant qu'elle le pouvait, mis sous ses
yeux cette séduisante personne, ne né-
gligeant d'ailleurs aucune occasion de
relever devant lui ses perfections. Mais
Jacques de Lerne, quoique évidemment
frappé de l'extrême beauté de Jeanne et
de la distinction de son esprit, n'avait
paru lui témoigner qu'une curiosité
distraite. Ce fut alors que la comtesse,

qui surveillait attentivement la jeune femme, la voyant près de tomber sous la serre de M. de Monthélin, résolut de tenter quelque coup héroïque, moitié par intérêt pour son fils, moitié par haine contre l'homme qui avait failli le lui tuer.

Elle écrivit un matin à Jeanne pour l'informer qu'elle irait, sauf contre-ordre, la voir à trois heures, ayant à lui confier quelque chose d'important et d'agréable. Jeanne, un peu étonnée de ce mystère, l'attendit à l'heure dite. Elle la vit entrer dans son boudoir, accompagnée d'un valet de pied qui portait une de ces petites cabanes en vannerie, ornées de passe-menterie, de franges et de houppes, qu'on fait maintenant pour les chiens. La comtesse elle-même tenait maternellement sur son bras un très petit chien aux longs poils soyeux, une vraie miniature d'épagneul blanc et feu, qu'on disait originaire du Mexique et qui faisait l'admiration et l'envie des connaisseurs.

— Ma toute belle, dit madame de Lerne, vous m'avez dit que vous étiez amoureuse de Toby?.. permettez-moi de vous l'offrir en toute propriété.

Madame de Maurescamp se récria :

— Ah ! est-ce possible ?..

— Je me demandais depuis longtemps, reprit madame de Lerne, ce que je pourrais bien faire pour remercier une jeune et charmante créature comme vous de se montrer si aimable, si bonne, si fidèle pour une vieille amie... C'est si rare... j'en suis si touchée, si touchée !.. J'ai été bien heureuse de trouver quelque

6.

chose qui puisse vous plaire, je vous
assure !

Jeanne ne se rappelait pas très nette-
ment la circonstance où elle avait mani-
festé sa passion pour Toby, mais enfin
elle sentit le prix du sacrifice qu'on lui
faisait :

— Ah ! Madame !.. chère Madame !
dit-elle toute confuse ; mais comment
acepter cela !.. elle est si gentille, cette
bête, si extraordinaire… mais quelle pri-
vation !.. Oh ! mon Dieu !.. et cette niche
délicieuse… Non, vraiment !..

Et, pour achever sa phrase, la gracieuse
jeune femme sauta au cou de madame
de Lerne, ce qui fit aboyer Toby.

— Viens, mon amour ! dit Jeanne en
le prenant dans ses bras et en le couvrant
de caresses.

Elles s'assirent, et madame de Lerne, répondant aux questions empressées de Jeanne, lui donna sur la façon de soigner, de nourrir, et même de médicamenter Toby tous les renseignements désirables.

— Elle s'informa ensuite de la santé de M. de Maurescamp.

— Au reste, je ne sais pas pourquoi je vous en demande des nouvelles... il n'y a qu'à le regarder... sa santé est exubérante ! c'est un homme superbe !.. superbe !.. Il fait plaisir à voir, cet homme-là !

— Et monsieur votre fils, demanda Jeanne ; comment va-t-il ?

— Mon fils ?.. Ah ! lui, c'est un autre genre... genre délicat ! vous savez ?.. Une nature d'artiste !.. Mais enfin, s'il n'y avait que cela !

— Mais c'est un très bon fils, dit doucement madame de Maurescamp.

— Oh! certainement; pour un bon fils,
c'est un bon fils, il n'y a pas de doute!..
Et, dites-moi, ma chère petite, êtes-vous
libre demain? C'est mon mercredi...
voulez-vous venir dîner avec nous ?...
Vous vous trouverez avec votre amie
d'Hermany...

— Volontiers... je crois que M. de
Maurescamp n'a pas pris d'engagement...

— Parfait, alors !.. eh bien ! je compte
sur vous deux.

Et madame de Lerne se leva comme
pour se retirer : mais auparavant elle fit
ses adieux à Toby, et ce fut pour madame
de Maurescamp l'occasion d'une nouvelle
effusion de reconnaissance... Enfin le
mot qu'attendait madame de Lerne et

qu'elle eût provoqué au besoin, sortit des
lèvres de Jeanne :

— Mon Dieu ! mais qu'est-ce que je
pourrais donc faire à mon tour pour vous
être agréable?

Madame de Lerne se retourna brusquement vers elle, et, la regardant avec son
aimable sourire de vieille :

— Mariez-moi mon fils ! dit-elle.

— Ah ! cela, par exemple ! s'écria
gaiement madame de Maurescamp, c'est
une entreprise dont je me reconnais
incapable !

— Pourquoi donc? dit madame de
Lerne sur le même ton. Je me figure au
contraire que vous en êtes plus capable
que qui que ce soit.

Jeanne ouvrit, sans répondre, de grands
yeux interrogateurs.

— Vraiment, oui, continua madame de
Lerne. Je suis persuadée qu'il prendrait
plus volontiers une femme de votre main
que de toute autre.

— Mais quelle plaisanterie, chère
Madame! murmura Jeanne en la regardant toujours avec le même air de
surprise.

— Je ne plaisante pas... et si vous
aviez une sœur qui vous ressemblât, véritablement je crois que l'affaire se ferait
tout de suite.

— Je vous assure, dit Jeanne, que je ne
vous comprends pas... Monsieur votre
fils me connaît à peine !

— Pardon... je vous demande bien
pardon.... il vous connaît parfaitement...
il est très observateur, mon fils... très
perspicace... je sais pertinemment qu'il

vous apprécie beaucoup... je n'ai pas à insister là-dessus... Mais je suis certaine que, pour cette question du mariage, vous auriez une très grande influence sur lui... très grande influence... et si vous lui recommandiez, je suppose, une jeune personne... une de vos amies... eh bien, je me figure qu'il la prendrait les yeux fermés, ma parole !

— Je n'en crois pas un mot! s'écria madame de Maurescamp.

— Et moi, j'en suis sûre... Essayez, vous verrez !

Elles se mirent à rire toutes deux.

— Non, sérieusement, reprit la comtesse, pensez-y donc un peu... Cherchez parmi vos amies, vos connaissances... Ah! vous me rendriez un fier service, allez !

— Mais d'abord je vous dirai, répliqua madame de Maurescamp, qu'il me fait une peur affreuse, monsieur Jacques !

— Allons donc ! s'écria la comtesse, comme stupéfaite.

— Positivement... il a l'air si railleur... il a l'esprit si mordant, si amer... et puis enfin...

La jeune femme parut embarrassée.

— Et puis enfin, c'est un mauvais sujet, n'est-ce pas ?

— Mon Dieu ! je ne sais pas... ça ne me regarde pas.

— Oui, c'est un très mauvais sujet, pardié, c'est certain !... mais, comme tous ces animaux-là, il a un cœur d'or, — et il est charmant par-dessus le marché... Ah ! quelle bonne œuvre vous accompliriez, ma chère enfant, si vous m'aidiez à le

tirer des pattes de cette Lucy Mary... car
c'est Lucy Mary maintenant, vous savez!

— Ah!

— Oui... de l'Opéra... celle qui fait les
pages!.. c'est affreux, affreux, ma pauvre
enfant!.. vous verrez ça plus tard avec
monsieur votre fils. En attendant, tâchez
de marier le mien, et ça sera gentil tout
à fait... et je vous répète que, s'il y a
quelqu'un au monde qui soit capable de
faire ce miracle-là, c'est vous!.. Adieu, ma
chère belle!

Elle l'embrassa et, près de la porte, au
moment de sortir :

— Vous lui en direz deux mots, demain soir, hein?

— Dame! je tâcherai, dit Jeanne.

La comtesse de Lerne se retira alors
définitivement, fort satisfaite de sa cam-

pagne. — Elle n'avait pas tort de l'être :
car, pour la première fois depuis plusieurs
mois, l'imagination de Jeanne était occu-
pée d'un autre homme que M. de Monthélin. Elle avait fort bien entendu ce que
madame de Lerne avait espéré lui faire
entendre par ses insinuations et ses réti-
cences scélérates, à savoir qu'elle avait
dans Jacques de Lerne un admirateur
fervent. Cela l'étonnait et l'intriguait. —
Comment? Pourquoi? Quel rapport entre
eux? Elle n'y concevait rien. — Elle s'étendit sur sa chaise longue et se mit à re-
chercher dans son souvenir les occasions
où il l'avait rencontrée, les paroles qu'il
lui avait dites, son attitude avec elle et
l'expression de ses regards, — afin de
trouver dans ces détails quelque chose
qui confirmât les révélations mystérieuses.

de la vieille comtesse. Il était vrai que ce grand jeune homme, froid, spirituel et ennuyé, l'avait toujours beaucoup intimidée : elle se sentait mal à l'aise et inquiète quand il s'approchait d'elle dans un salon. Elle crut se rappeler pourtant qu'il semblait en effet la traiter avec une sorte de courtoisie exceptionnelle, lui épargnant les plaisanteries sarcastiques qu'il ne ménageait guère aux autres femmes. Elle aimait l'idée d'être respectée par ce débauché. Elle évoqua devant elle son beau visage fatigué et hautain, ses yeux pénétrants, ses joues rases, et ses longues moustaches pendantes à la tartare. Elle sourit à la pensée de prendre avec ce personnage, terreur de sa jeunesse, des airs protecteurs et maternels : mais elle se dit que certainement elle n'oserait pas.

Comme elle se livrait à ces rêveries, tout en lissant de sa blanche main les grandes oreilles du petit Toby, la porte s'ouvrit et donna passage à la belle tournure et aux favoris bleuâtres de M. de Monthélin.

Le jeune Toby, qui n'avait jamais vu le *Requin des salons*, — attendu que M. de Monthélin n'allait pas chez madame de Lerne, — le prit apparemment pour un malfaiteur et témoigna cependant qu'il ne le craignait pas. Il s'élança des genoux de sa maîtresse et se posta bravement devant elle en aboyant de toutes ses forces et en poussant même des pointes sur son ennemi. Rien ne dérange l'entrée d'un galant homme chez une femme, surtout quand il a des prétentions à ses bonnes grâces, comme un puéril incident

de ce genre. Jeanne de Maurescamp,
qui était aussi fine qu'une autre, et même
davantage, ne put s'empêcher de rire du
contraste qu'offrait l'air aimable dont
M. de Monthélin ne voulait pas se
départir, avec l'inquiétude visible que lui
causait l'agression de Toby. Ce fut ainsi
que Toby, comme s'il fût entré dans le
complot de madame de Lerne, contribua
pour son humble part à en préparer le
succès. Car, après un pareil début, M. de
Monthélin comprit qu'une scène d'amour
était impossible. Il se borna donc ce
jour-là à effleurer avec mélancolie les
choses de sentiment et se résigna à
caresser Toby, puisqu'il ne pouvait pas
l'étrangler.

V

Ce ne fut pas sans une certaine agitation intérieure que Jeanne de Maurescamp
monta le lendemain dans son coupé pour
se rendre, avec son mari, chez la comtesse de Lerne. Elle avait été fort préoccupée de savoir quelle toilette elle mettrait :
après y avoir mûrement réfléchi, elle
s'était décidée pour une toilette austère,
en harmonie avec la gravité du rôle
qu'elle était appelée à jouer ce soir-là.
Elle avait mis tout simplement une robe
de velours d'une couleur ponceau som-

bre. C'était dommage que ses bras et ses épaules fussent hors de la robe dans leur étincelante nudité. Elle sentait que la sévérité de sa tenue en était un peu altérée. Mais elle ne pouvait pas faire autrement.

Elle fut placée à table à la gauche de Jacques de Lerne, qui avait madame d'Hermany à sa droite. Comme elle s'était un peu monté l'imagination sur ce culte secret que Jacques était censé avoir pour elle, elle ne laissa pas de trouver d'abord que ce culte secret était un peu trop discret. M. de Lerne lui adressait à peine la parole, et se consacrait tout entier à sa voisine de droite. Faute de mieux, Jeanne prêta sa fine oreille à leur conversation : elle entendit entre autres choses que madame d'Hermany, après avoir échangé avec Jacques des attaques et des ripostes fort brillantes, lui reprochait sa méchante manie d'infliger des surnoms à tout le monde :

— Je suppose, dit-elle, que j'ai aussi le mien ?

— Cela ne fait pas l'ombre d'un doute, dit Jacques.

— Et quel est-il ? demanda la blonde jeune femme en tendant vers lui son front angélique.

— *L'eau qui dort !* répondit Jacques à demi-voix, en se penchant un peu.

Madame d'Hermany rougit : puis, le regardant en face avec sa candeur de jeune communiante :

— Pourquoi *l'eau qui dort ?* dit-elle.

— Pour rien !... C'est un nom indien !

— Et moi, Monsieur, demanda Jeanne en riant, ai-je aussi mon surnom?

— Vous? dit-il.

Il fixa ses yeux sur elle, la salua légèrement, et ajouta d'un ton sérieux :

— Non !

La voyant un peu embarrassée, il changea aussitôt l'entretien et se mit à lui parler des pièces nouvelles, des musées, des pays étrangers qu'elle avait visités, paraissant lui poser ses brèves questions uniquement pour avoir le plaisir de l'entendre répondre, et la regardant d'un air grave et doux comme pour l'encourager à bien dire.

Eh bien, décidément, oui, il y avait là quelque chose d'extraordinaire ! il y avait dans la manière dont ce Jacques lui parlait, l'écoutait et la regardait, une nuance

indéfinissable de bonté et d'estime, qu'il
semblait réserver pour elle seule. Comment ne s'en était-elle pas aperçue plus
tôt ?... Comme c'était singulier !... et cela
était d'autant plus singulier qu'elle n'était
pas du tout, mais du tout, l'espèce de
femme qu'un monsieur comme ça devait
apprécier. Enfin, cependant, c'était aimable de sa part, et Jeanne, dès ce moment, se voua avec plus de zèle et de cœur
qu'auparavant à la tâche de marier un
jeune homme qui, malgré ses mauvaises
relations, avait encore quelques bons sentiments. Elle passa même immédiatement
en revue dans sa tête les jeunes filles,
qu'elle connaissait, et qui pouvaient lui
convenir ; mais, pour l'instant, elle n'en
trouva aucune.

Après le dîner, une partie des convives

passa au fumoir : M. de Lerne les suivait, quand sa mère l'arrêta.

— Jacques, lui dit-elle, joue donc ta
dernière valse à madame de Maurescamp,
avant que tout le monde n'arrive... elle
ne la connaît pas... je suis sûre qu'elle lui
plaira beaucoup !

— Je vous en prie, Monsieur ! dit
Jeanne.

M. de Lerne salua et s'assit devant
le piano. Il joua sa valse nouvelle,
puis quelques autres morceaux que
Jeanne lui demanda. Peu à peu, comme
il arrive en pareil cas, la plupart des
assistants, après avoir prêté pendant
quelques minutes une attention cour-
toise à la musique, reprirent leur conversation, chacun dans leur coin. Madame
de Maurescamp demeura seule en di-

lettante obstinée auprès du piano et de Jacques, à l'une des extrémités du vaste salon.

Comme le jeune homme venait de terminer une ritournelle brillante et promenait vaguement ses doigts sur le clavier, madame de Maurescamp jugea que le moment psychologique était arrivé :

— Quel talent vous avez ! dit-elle. — Et vous peignez très bien, avec cela, dit-on ?

— Je barbouille un peu.

— Comme il y a des choses drôles en ce monde... des choses inexplicables ! murmura la jeune femme, comme se parlant à elle-même.

— C'est moi, Madame, qui vous suggère cette réflexion ?

— Oui,.. vous avez tous les goûts qui

peuvent attacher un homme à son intérieur,.. et vous vivez... au dehors... au
cercle !

— Mon Dieu !... voilà ! dit M. de Lerne.

— Monsieur Jacques,.. reprit Jeanne,
dont l'éventail palpita plus rapidement.

— Madame ?

— Vous allez me trouver bien indis-
crète ?

— Je suis si indulgent !

— Votre mère désire beaucoup vous
marier.

— Je n'en doute pas, Madame.

— Et vous ne voulez pas ?

— Non, Madame, pas du tout.

— Vous avez des raisons pour cela ?

— Une seule : c'est que je ne connais
pas en ce monde une femme qui soit
digne de moi.

— Ah ! mon Dieu !

— C'est-à-dire, pardon.., reprit Jacques, avec la même gravité : il y a vous !.. mais vous n'êtes pas libre,.. et d'ailleurs...

— D'ailleurs... demanda la jeune femme en tendant l'arc de ses sourcils.

— D'ailleurs... vous-même, vous êtes sur le point de mal tourner.

— Mais, monsieur Jacques !

— Veuillez m'excuser,.. c'est mon opinion.

— Parce que ? dit Jeanne.

— Parce que vous choisissez mal vos amis.

— Cela veut dire, je suppose, que j'ai tort de ne pas choisir M. Jacques de Lerne ?

— Non... en vérité, non !... Et cependant, tel que vous me voyez, j'étais né pour comprendre et même pour partager les amours des anges.

— Ah ! franchement, dit en riant madame de Maurescamp, si j'en crois le bruit public, vous en êtes loin des amours des anges !

— Que voulez-vous ? on m'a découragé ! dit M. de Lerne, riant à son tour. — Voyons, Madame, voulez-vous me permettre de vous conter une histoire scandaleuse ?

— Cela m'intéressera infiniment... mais je présume que je m'en irai au milieu.

— Je ne crois pas. — C'est une histoire qui vous expliquera bien des choses... c'est celle de mon premier amour... où je me conduisis comme un misérable... Mais n'anticipons pas ! — J'avais, Ma-

dame, vingt et un ans, et, si étrange que
la chose puisse paraître, je n'avais jamais
aimé... Je me faisais alors, il faut vous le
dire, des femmes et de l'amour une idée
extraordinairement élevée, une idée
presque sainte. J'avais dans le cœur un
trésor véritable de dévoûment, de passion
et de respect que je n'entendais pas placer légèrement. — Enfin, une femme se
rencontra que j'aimai comme elle voulait
être aimée et qui m'aima comme elle
voulut. Elle appartenait au monde le
plus patricien. Elle était mal mariée, cela
va sans dire, et très malheureuse. Elle
n'était plus très jeune, mais je ne l'en
aimais que davantage parce qu'elle en
avait souffert plus longtemps... Du reste,
extrêmement belle encore, quoique
blonde : en outre, d'une honnêteté timorée

qui me désespéra plus d'une fois... car
enfin, quoiqu'elle me fût sacrée, j'avais
vingt ans... Mais il fallait la respecter ou
la quitter. — Nos tête-à-tête étaient
rares et courts. Son mari était jaloux et
la surveillait de près. Il y aurait bien eu
quelques moyens vulgaires de nous donner des rendez-vous au dehors... dans un
fiacre ou chez un ami. Mais tout ce qui
était vulgaire, tout ce qui eût pu dégrader
notre amour nous répugnait également à
tous deux... Des mois se passèrent dans
ce charme et dans cette contrainte. Malgré les réserves, assurément très pénibles, que sa conscience m'imposait, —
peut-être à cause de ces réserves même,
— j'étais aussi amoureux et aussi heureux
qu'on peut l'être en ce monde : j'avais la
joie profonde de rendre à cette chère

créature tout son bonheur arriéré et de n'y avoir mêlé aucun remords sérieux, car le peu qu'elle me donnait, elle l'eût donné à un frère, et cependant ce peu était pour moi une suprême volupté.

Par une belle nuit du mois d'octobre, pendant les chasses... nous étions voisins à la campagne.. son mari était allé passer vingt-quatre heures à Paris,.. j'obtins à force de supplications et sous la foi des serments d'être reçu dans sa chambre pendant une heure...

— Pardon! dit madame de Maurescamp en se soulevant sur son fauteuil, — si je m'en allais?

— Non, non, ne craignez rien. — La chambre était au rez-de-chaussée du château et s'ouvrait sur le parc... J'y pénétrai vers minuit par une fenêtre un peu

haute et d'un accès assez difficile autour
de laquelle il y avait, je m'en souviens,
des lianes de jasmins et de clématites
qui répandaient dans la nuit une odeur
exquise... Je ne sais si ce fut cette odeur
un peu capiteuse ou l'impression, nouvelle pour moi, de cette chambre personnelle,.. mais je dois vous avouer que je me
montrai cette nuit-là moins résigné que
de coutume aux scrupules impitoyables
qu'on m'opposait... Ce fut une scène
douloureuse que je ne me rappelle pas
sans honte... La pauvre femme finit par se
jeter à mes genoux, les mains jointes, me
suppliant d'être honnête homme, me demandant avec larmes si je n'étais pas heureux, si jamais je pouvais l'être davantage,
si je voudrais l'être aux dépens de son repos, de son honneur, de sa vie même,.. car

elle ne survivrait pas à une faute !..
Enfin, elle vainquit. Je cédai moitié à
ses pleurs, moitié à mon propre sentiment qui me disait en effet qu'il n'y
avait rien au delà des ivresses de cette
amitié passionnée et innocente... Elle
me remercia en me baisant follement
les mains, et je sortis par où j'étais
venu... A peine eus-je posé le pied
sur le sable de l'allée que je me re-
tournai pour lui envoyer un dernier
baiser en murmurant : — A demain ! —
Je la vis aux clartés de la lune debout
et immobile dans le cadre de la fenêtre,
les bras croisés sur le sein, le buste un
peu en arrière. — A l'envoi de mon
baiser elle répondit par un léger mouvement d'épaules ; puis, de sa belle
voix de contralto que j'adorais, elle

laissa tomber lentement ces deux mots :

— « Adieu... imbécile !... »

Je ne l'ai plus revue. Dès ce moment, elle me ferma sa porte, sa fenêtre et son cœur !

Madame de Maurescamp l'avait écouté avec une extrême attention. Quand il eut fini, elle le regarda fixement :

— Et vous en avez conclu? dit-elle.

— J'en ai conclu que les honnêtes femmes étaient trop fortes pour moi.

— Sérieusement, Monsieur, si, pour justifier votre mépris général de notre sexe, vous n'avez pas d'autre motif que ce souvenir de jeunesse...

— Oh ! j'en ai d'autres ! dit M. de Lerne.

Il prononça ces mots d'un ton si singulier que Jeanne jeta vivement les yeux sur lui. Elle fut surprise de l'expression presque douloureuse qui avait subitement contracté le front et les lèvres de Jacques.

— J'en ai d'affreux ! ajouta-t-il en insistant.

Puis, d'un accent très ému :

— Vous êtes une jeune femme pleine de bonté et d'honneur... que j'estime infiniment... mais je ne puis les dire, ces motifs, même à vous !

Elle se leva un peu embarrassée, et, en drapant sa robe :

— Je crois que je me compromets ! dit-elle gaiement.

Il s'était levé lui-même aussitôt :

— Pardon de vous avoir retenue si longtemps !

— Mais je ne renonce pas ! dit-elle gracieusement en s'éloignant.

Il s'inclina sans répondre.

Le long entretien de madame de Maurescamp et de Jacques n'avait pas manqué d'éveiller la curiosité plus ou moins bienveillante des invités de madame de Lerne. Jeanne s'en aperçut, et, pour enlever à leur tête-à-tête tout caractère suspect, elle dit à haute voix à la comtesse en passant près d'elle :

— Aucun espoir, chère Madame ! j'ai perdu mes peines !

La mère de Jacques, qui avait épié de loin avec un vif intérêt la physionomie des deux interlocuteurs, ne fut pas de l'avis de Jeanne. Elle jugea, tout au contraire, que la jeune femme n'avait pas perdu ses peines et qu'il y avait de l'espoir.

VI

On sait assez bien comment naît l'a-
mour. On ne sait pas du tout comment naît
la sympathie. Il est à peu près impossible
de saisir les fils déliés et complexes qui
rapprochent soudain deux cœurs et deux
esprits dans ce sentiment bizarre. Quoique
l'attrait féminin n'y nuise pas, il n'y est
pourtant pas indispensable, puisque la
sympathie se rencontre souvent entre des
personnes du même sexe, et qu'elle ne
s'effraye pas des cheveux blancs. Cette en-
tente subite qui s'établit entre deux êtres

presque inconnus l'un à l'autre, cette viva-
cité d'impressions échangées, cette bonne
intelligence mutuelle des regards, cette
facilité d'expansion et ce besoin de confidence, dans quels secrets rapports d'idées,
de goûts, de qualités ou de défauts, doit-on
en chercher la cause subtile ? Nous l'igno-
rons ; mais ce sentiment indéfinissable,
on a compris que Jacques de Lerne l'é-
prouvait pour Jeanne de Maurescamp, et
que Jeanne, après leur entretien confiden-
tiel, n'était pas loin de le partager. Quoique séparés en apparence par des abîmes,
ce libertin blasé et cette jeune femme sans
tache s'entendaient déjà à demi-mot.
Malgré tant de différences entre eux, ils
sentaient qu'ils avaient un fonds commun
qui les disposait aux mêmes impressions,
aux mêmes jugements, aux mêmes épreu-

ves de la vie, aux mêmes joies et aux mêmes douleurs.

Ces rencontres sympathiques sont les bonnes fortunes de la vie mondaine : dans la mobilité et dans l'étendue des relations parisiennes, elles ne durent souvent que l'espace d'un dîner ou d'une soirée. On se plaît, on s'exalte ensemble, on se confie ses secrets, on s'aime presque, et l'on ne se revoit plus que l'année suivante. C'est à recommencer. — Mais, entre madame de Maurescamp et Jacques de Lerne, il n'en pouvait être ainsi ; ils étaient du même monde et de la même intimité et nécessairement destinés à reprendre à bref délai la suite de leur conversation suspendue.

M. de Lerne d'ailleurs, après y avoir rêvé pendant deux ou trois jours, se dit

qu'il devait une visite à madame de Maurescamp. — Pourquoi voulait-elle le
marier ? Quel était ce mystère ? — En
tout cas c'était une marque d'intérêt
personnel qui valait une politesse et un
remercîment. Il alla donc un soir chez
elle, au hasard, vers cinq heures. Il y
trouva M. de Monthélin établi au coin
du feu. M. de Monthélin, qui avait
déjà bien assez de la présence de
Toby, fut tellement exaspéré par celle
de M. de Lerne, qu'il en perdit son
savoir-vivre ordinaire ; il persista, contre
toute convenance, à prolonger indéfiniment sa visite si bien que Jacques
de Lerne dut prendre le parti de se retirer
le premier, quoiqu'il fût arrivé le dernier.
M. de Monthélin n'y gagna pas grand'-
chose, et l'excessive froideur que lui té-

moigna Jeanne après le départ de Jacques
l'avertit qu'il avait commis une mala-
dresse. Pour la réparer, il s'empressa,
comme c'est l'usage, d'en commettre une
seconde.

— Vous paraissez m'en vouloir, dit-il
en souriant, de n'avoir pas cédé la place
à M. de Lerne ?

— Tout bonnement oui, dit-elle. Vous
étiez arrivé avant lui, — et rester après
lui, c'est vous donner ici un air de maître
de maison auquel vous n'avez aucun droit,
que je sache.

— C'est vrai, dit-il. Je vous demande
mille fois pardon ; mais vous savez que le
sentiment ne raisonne pas.

— Il a tort, reprit-elle. De plus vous
êtes, il me semble, avec M. de Lerne,
depuis votre duel, dans une situation qui

vous commande envers lui des égards-par-
ticuliers.

— C'est juste ; mais comment trouver
la force de m'arracher ?..

— A propos, interrompit la jeune
femme, quel était donc le motif de ce
duel ?.. Peut on savoir ?

— Oh ! rien,.. un commérage !

— Un commérage ?.. Quel commérage ?

— Un mot blessant qui m'avait été
rapporté.

— Ah !.. quel mot ?.. Vous ne voulez
pas me le dire ?.. Vous préférez que je
le devine ?

— Alors, vous le savez ? dit M. de
Monthélin.

— Mais certainement ! dit-elle.

— Comme c'est bête, hein ?

9.

— Mais non,.. pas tant !

— J'espère que ce n'est pas lui qui vous l'a dit, en tout cas ?

— Il a trop d'honneur pour cela, répondit Jeanne.

M. de Monthélin, voyant que décidément cette partie d'escrime ne tournait pas à son avantage, présenta encore quelques excuses et prit congé.

En vertu du proverbe persan : Fais-toi rare et l'on t'aimera, — les visites du comte de Lerne étaient en général considérées par les dames comme de petites fêtes très flatteuses pour celles qui en étaient favorisées. Sa grâce personnelle, son esprit, ses talents et même la nuance un peu vive de ses mœurs en faisaient un personnage particulièrement intéressant. Ce fut donc pour madame de Maurescamp une contrariété véritable de penser qu'à sa première visite il eût trouvé chez elle si peu d'agrément et surtout qu'il y eût trouvé M. de Monthélin installé sur le pied d'une intimité presque compromettante.

Sans prévoir comment il lui serait possible de s'expliquer avec M. de Lerne sur un sujet si délicat, elle attendit cependant avec impatience le mercredi suivant, où elle comptait le rencontrer à la réception de sa mère. Mais, en arrivant chez la comtesse, elle eut l'ennui d'apprendre que Jacques avait une forte migraine et qu'il s'était couché. A tort ou à raison, elle vit dans cette circonstance un trait de dédain ou du moins de mauvaise humeur à son adresse. L'estime de ce jeune homme, d'une vie si peu exemplaire, lui était de-

venue tout à coup si essentielle que l'idée
de le laisser pendant un temps indéter-
miné sous une impression fâcheuse à son
égard lui parut insupportable. Elle était
au besoin femme de résolution ; elle
rassembla son courage, et, prenant la
vieille comtesse à part :

— Eh bien, chère Madame, lui dit-
elle, je commence vraiment à croire que
j'ai désespéré trop vite de la conversion
de votre fils... Il est venu avant-hier chez
moi, et, comme il n'est pas grand visiteur,
j'ai pensé qu'il avait à me dire quelque
chose de sérieux,.. qu'il voulait me parler
de la grande affaire de son mariage. Malheureusement je n'étais pas seule,.. je
le regrette beaucoup... surtout si c'était
un bon mouvement qui l'amenait.

— Rien de plus probable, ma chère

enfant; mais, Dieu merci ! cela n'est pas irréparable, si vous le voulez... Quand pourrait-il avoir le plaisir de vous trouver, si le cœur lui en dit ?

— Si le cœur lui en dit... reprit madame de Maurescamp, en plissant le front d'un air de réflexion... Eh bien! voyons... demain soir... après le dîner... Je me repose justement demain soir.

— Il en sera informé, ma belle,.. et soyez sûre que je vous adore !

Madame de Maurescamp passa la journée du lendemain à se repentir amèrement, en son âme délicate et solitaire, d'avoir fait à M. de Lerne une avance si marquée. — S'il ne venait pas, quelle mortification ! — et, s'il venait, ne croirait-il pas venir à un rendez-vous ? N'irait-il pas se figurer peut-être que cette question

de mariage n'était qu'un prétexte servant
à couvrir une sorte de provocation ef-
frontée ?

Le soir arriva ; après le dîner, M. de
Maurescamp joua un instant avec son fils
Robert dans le petit salon bouton d'or de
sa femme ; il alla ensuite, comme c'était
sa coutume, fumer un cigare sur le bou-
levard. Jeanne continua d'exécuter fié-
vreusement sur le piano une série de
valses et de mazourkes, pendant que son
fils, en robe blanche et en ceinture bleue,
dansait des gigues avec sa bonne anglaise
et Toby. Elle s'interrompit brusquement
en voyant la porte s'ouvrir : c'était un
domestique :

— Madame la comtesse reçoit ?

— Oui... Qui est là ?

— M. le comte de Lerne, Madame.

— Faites entrer.

Elle enleva son fils de ses deux mains et l'embrassa ; puis elle s'assit gravement dans un fauteuil, en le tenant sur son bras comme les madones tiennent leur *bambino*.

Jacques de Lerne, en entrant, eut sous les yeux ce tableau de sainteté, qui dut lui prouver (du moins Jeanne l'espérait), que les circonstances étaient plus sérieuses et plus respectables qu'il n'avait peut-être été tenté de le supposer. Il parut cependant n'éprouver ni surprise ni désappointement et se mit à caresser le jeune Robert comme s'il fût venu uniquement pour cela. Après quelques minutes madame de Maurescamp prit le parti d'envoyer coucher Robert, puisqu'il ne servait à rien.

Comme l'enfant venait de sortir, une violente rafale de vent ébranla les persiennes du salon :

— Ah ! mon Dieu ! s'écria Jeanne, entendez-vous? C'est une vraie tempête... et il neige avec cela, je crois?

— Il neige très fort, dit M. de Lerne. On est joliment bien au coin de votre feu par un temps pareil !

— Quand je vous dis, reprit Jeanne en riant, que vous êtes un homme d'intérieur !

— Ah! nous y revoilà!.. Mais enfin, Madame, dites-moi donc pourquoi vous tenez tant à me marier ? Une si bizarre pensée n'est pas venue de votre initiative... Si j'ai bien compris, l'autre soir, c'est ma mère qui vous l'a suggérée ?

— Oui, certainement.

— Ah ! dit-il, c'est ma mère.

Il devint pensif ; puis, après une pause :

— Je regrette, reprit-il, de ne pouvoir faire ce plaisir à ma mère et à vous ; mais je vous l'ai dit : je ne veux pas me marier.

— Parce qu'il n'y a pas au monde une seule femme digne de vous, c'est convenu?

— Mon Dieu! Madame, permettez-moi de m'expliquer... Vous savez qu'en matière de religion les gens qui ne pratiquent pas sont ceux qui se montrent le plus exigeants et le plus austères... On n'en fait jamais assez à leur gré : — Moi, vous disent-ils, si je croyais, vous en verriez bien d'autres... Je ferais ceci, je ferais cela... enfin la perfection ! — Eh bien !

je suis de même en matière de mariage...
Je le comprends d'une façon telle que
personne ne me paraît capable de le comprendre comme moi... et voilà pourquoi
j'y renonce !

— Comment le comprenez-vous,
voyons? dit la jeune femme d'un ton de
légère ironie.

— Vous ririez de moi si je vous le disais.

— Je ne crois pas... Essayez.

— Eh bien ! Madame, le mariage pour
moi... c'est l'amour par excellence...
il est possible que l'amour dans le mariage
soit un rêve, mais c'est le plus beau des
rêves, et s'il se réalise quelquefois, même
à demi, il ne doit y avoir rien de plus doux
ni de plus élevé au monde. Il est le seul
qui mérite véritablement le nom d'amour

parce qu'il est le seul auquel l'idée re-
ligieuse mêle quelque chose d'éternel...
Le divorce, dont on parle beaucoup cette
année, me déplaît à cause de cela... Il
enlève au mariage le sentiment de l'infini... Ce sentiment peut être une gêne
pour des âmes vulgaires ou mésalliées...
mais supposez deux êtres qui se sont
choisis avant de s'unir, qui se connaissent
bien, qui se plaisent, qui s'estiment...
qui s'aiment enfin... et concevez tout ce
que doit ajouter au bonheur de leur parfaite union la certitude de son étendue
sans fin... C'est une route charmante que
suivent les deux chers camarades — et
qu'ils voient avec ravissement se perdre
dans des horizons sans limites — où le
ciel finit par se confondre avec la terre...
Je vous ennuie, Madame?

Elle fit signe que non.

— Eh bien ! poursuivit M. de Lerne, je ne me figure réellement pas une existence plus riche et plus pleine que celle de ces deux voyageurs-là, de ces deux amants qui sont en même temps deux amis. Leur être est absolument doublé. Tous leurs sentiments sont plus vifs, toutes leurs joies agrandies ; leurs chagrins seuls diminuent. S'ils sont intelligents, comme je le suppose, ils le deviennent davantage... S'ils sont honnêtes, ils deviennent meilleurs, — par l'étroit rapprochement, par l'échange continuel, par l'émulation tendre, par le désir de ne pas déchoir dans l'estime mutuelle. — Dans les temps troublés où nous vivons, j'aurais rêvé avec plus de charme encore cette union d'une inti-

mité sans égale entre deux êtres généreux et délicats, — s'appuyant et se
fortifiant l'un l'autre pour se maintenir
à la fois le cœur haut et le goût pur...
pour rester fidèles aux vieux ancêtres,
en fait d'honneur, et aux vieux maîtres, en fait d'art et de poésie, — pour
admirer ensemble ce qui est éternel-
lement beau, — et mépriser le reste,
— pour se réfugier sur les hauteurs
comme dans une arche, — pour y parler
de tout ce qui agite le cœur ou la pensée
à cette heure du siècle... que vous dirai-
je?.. pour mettre en commun leurs
croyances... ou leurs doutes, — pour
penser quelquefois ensemble à Dieu
même, — pour y croire... le chercher
ou le pleurer!.. Vous voyez, Madame,
que c'est une pure folie!

L'attitude de Jeanne pendant qu'elle écoutait M. de Lerne était charmante : penchée un peu en avant, elle le regardait de ses grands yeux étonnés, comme s'il eût fait jaillir devant elle une source de délices, et ses lèvres s'entr'ouvraient comme pour y boire.

Quand il cessa de parler, il vit la jeune femme essuyer furtivement du doigt une larme qui glissait sur sa joue. Troublé lui-même, il eut un mouvement irréfléchi de sympathique attrait et lui tendit la main.

Jeanne retira doucement la sienne et prit un air grave :

— Pardon ! dit-il. Je croyais que nous étions amis ?..

— Pas encore ! murmura-t-elle.

— Vous n'avez pas confiance ?.. Ai-je

donc l'air d'un homme qui vous fait la cour?

— Chacun a sa manière, dit-elle en souriant faiblement.

— Avouez que la mienne serait singulière.

Il se mit à jouer d'une main fiévreuse avec les bibelots qui garnissaient la table. Ses yeux s'arrêtèrent sur une photographie du petit Robert; il la saisit et la regarda attentivement.

— Il est joli, n'est-ce pas, mon fils? dit la jeune femme.

— Charmant! — Pourquoi l'avez-vous pris sur votre bras, tout à l'heure, pour me recevoir?

— Je ne sais... le hasard!

— Non, ce n'était pas le hasard... Vous vouliez me dire : « Si vous venez ici

» en ami, à la bonne heure !... Si vous ve-
» nez en amoureux, voilà ma réponse ! »

— C'est vrai... N'est-elle pas bonne ?

— Il n'y en a pas de meilleure, reprit
Jacques dont la voix trembla légèrement ;
et si je m'étonne d'une chose, poursuivit-
il avec une étrange animation, c'est que
les femmes qui sont tentées de faillir ne
soient pas plus souvent retenues par la
pensée de leur fils... croient-elles donc
que leur fils ne sera pas instruit un jour ou
l'autre par les propos du monde de leur
conduite légère ou coupable ? Et l'homme
qui ne respecte plus sa mère, que voulez-
vous qu'il respecte au monde?.. Mais, avec
le respect de sa mère tout lui manque...
tout s'écroule... il n'y a plus de monde
moral... Dès qu'il n'a plus foi en sa mère,
il n'a plus foi en rien !... C'est une vie

découragée à jamais ! Ah ! si les femmes pouvaient voir ce qui se passe dans le cœur d'un malheureux fils, — au moment où il vient à apprendre... à soupçonner que sa mère...!

M. de Lerne s'arrêta tout à coup, et sa voix s'étrangla dans un sanglot.

Il fit le geste d'un homme désespéré de ne pouvoir maîtriser son émotion, détourna la tête et couvrit ses yeux de sa main.

Jeanne avait entendu parler comme tout le monde de la jeunesse très légère de la comtesse de Lerne. Elle comprit.

Il y eut une minute de pénible silence. Puis madame de Maurescamp quitta brusquement son fauteuil, s'avança de deux pas et tendit la main au jeune homme.

Il s'était levé : leurs yeux se rencontrèrent. Il serra fortement la main qu'elle lui présentait, la salua, et sortit.

A la suite de ce brusque départ, madame de Maurescamp demeura un instant immobile, — fit quelques pas incertains dans le salon, puis se laissa tomber sur une causeuse : elle s'y ensevelit dans une rêverie profonde, soutenant d'une main sa belle tête brune et essuyant de l'autre par intervalles les pleurs qui coulaient lentement de ses yeux. — Pourquoi pleurait-elle? Dans le trouble où cette scène l'avait laissée, elle ne le savait pas elle-même.

Le son du timbre dans le vestibule lui fit tout à coup froncer le sourcil : quelques secondes après, la porte s'ouvrit, et un domestique introduisit M. de Mon-thélin.

— J'ai su par Maurescamp que vous restiez chez vous ce soir, et je me suis hasardé.

— C'est aimable... Chauffez-vous donc.

Un coup d'œil avait suffi à M. de Monthélin pour constater que Jeanne venait de pleurer. Ce n'était pas la première fois de sa vie qu'il surprenait un symptôme de ce genre chez une jeune femme abandonnée de son mari, et il avait coutume, non sans raison, d'en tirer un augure favorable à ses prétentions personnelles. Il se trouvait précisément que le baron de Maurescamp, désertant le corps de ballet, venait d'afficher sa liaison avec une écuyère américaine, Diana Grey, dont l'apparition au Cirque-d'Hiver avait été un des événements de la saison : on la voyait depuis quelques jours conduire

dans l'allée des Acacias une paire de chevaux noirs dont personne n'ignorait la
provenance. M. de Monthélin eut tout
lieu de penser que cette circonstance
n'était pas sans quelque rapport secret
avec les dispositions mélancoliques où
il rencontrait madame de Maurescamp.

Le sobriquet grotesque dont Jacques
de Lerne avait affublé M. de Monthélin a
pu jeter sur ce personnage, aux yeux du
lecteur, une teinte de ridicule qu'il ne
justifiait nullement. C'était en réalité un
séducteur fort sérieux et fort dangereux.
Il avait auprès des femmes le prestige
singulier des hommes à bonnes fortunes,
et il leur paraissait plus honorable d'être
déshonorées par lui que par un autre. Il
était bien fait, de haute mine et brave.
Sans avoir ce qu'on appelle de l'esprit,

il avait, à force d'application et de goût
pour son métier, acquis une habileté redoutable à deviner les occasions et à les
saisir. Il savait mieux que personne qu'il
y a, dans la vie des femmes, des heures
d'énervement et de dépression morale,
des heures pour ainsi dire sans défense,
dont un homme pénétrant et hardi peut
tirer de terribles avantages. C'est ainsi
qu'on s'explique d'ailleurs que des
femmes distinguées deviennent quelquefois la proie de la plus vulgaire galanterie.

M. de Monthélin, dans sa stratégie savante autour de madame de Maurescamp,
attendait depuis longtemps cette heure
fatale avec une patience et une assiduité
félines : il jugea qu'elle était arrivée.
Après quelques minutes d'une conversa-

tion banale à laquelle madame de Maurescamp prenait une part distraite et languissante, il rapprocha sa chaise de la causeuse où elle était étendue :

— Vous m'écoutez à peine, dit-il; qu'avez-vous donc ?

— Rien.

— Vous avez pleuré ?

— C'est possible.

— Ne suis-je pas un assez vieil ami pour recevoir la confidence de vos chagrins ?

— Je n'ai pas de chagrins... Je ne sais ce que j'ai...

Il lui prit doucement les mains et s'approcha plus près, en la regardant fixement dans les yeux :

— Ma pauvre enfant, dit-il à demi-voix,

si vous saviez comme je vous aime !

Elle sentit que le bras de M. de Monthélin l'enlaçait. — Elle parut s'éveiller
d'un songe, se dressa, et le repoussant
brusquement :

— Ah ! mon pauvre monsieur, s'écria-
t-elle, si vous saviez comme vous tombez
mal !

Il n'y avait pas à se méprendre sur
l'accent de sa voix ni sur l'expression de
son visage : le sentiment qui l'animait
était clairement celui du dédain le plus
froid et le plus impitoyable. M. de Monthélin dut reconnaître que, pour cette
fois, son flair avait été en défaut. Il ne
lui restait qu'à faire une retraite honorable.

— Je crois, dit-il avec hauteur, que
le comte de Lerne sort d'ici... Allons ! il

prend sa revanche!.. C'est de bonne guerre!

Il saisit son chapeau, s'inclina profondément et gagna la porte.

Jeanne, demeurée seule, se rendit compte pour la première fois du danger réel et odieux qu'elle avait couru presque inconsciemment. Elle sentit que, quelques jours, quelques heures peut-être auparavant, — par découragement, par insouciance d'elle-même, elle eût pu devenir sans amour, sans amitié, sans excuse, — la victime inerte et stupide d'un plat libertin. Elle sentit combien elle avait été près de ce misérable abîme, — et combien tout à coup elle en était loin. Elle comprit alors que les larmes qu'elle venait de verser étaient des larmes heureuses. Prise d'une sorte de transport joyeux, la chère créature repoussa soudain de ses deux mains sur son front la masse épaisse de ses cheveux et murmura :

— Je suis sauvée !

VII

Il est à peine utile de dire à nos lecteurs, et surtout à nos lectrices, qu'à dater de cette soirée, et sans autre explication, une amitié régulière et de plus en plus intime s'établit entre Jeanne de Maurescamp et Jacques de Lerne. — Jeanne entra alors dans une nouvelle phase de sa vie, et cette phase lui parut délicieuse. Elle renaissait : elle retrouvait les illusions, les croyances, les élans enthousiastes qui avaient ravi sa jeunesse; elle retrouvait ses

ailes. Rien ne ressemblait plus à ses
rêves les plus enchantés que ce sentiment qui l'unissait désormais à M. de
Lerne. Leurs deux âmes s'étaient tou-
chées en quelque sorte par des points
si sensibles et si délicats qu'elles en
étaient restées comme aimantées. Il fut
bientôt évident pour elle que Jacques,
ainsi qu'elle-même, ne comptait plus
dans sa vie que les heures où ils se ren-
contraient. Elle le comprenait au rayonnement soudain de son visage dès qu'il
l'apercevait, à l'émotion tendre de sa
voix, à la pression douce et sérieuse de
sa main. Elle voyait qu'il recherchait
autant qu'il le pouvait faire sans la compromettre toutes les occasions de se
rapprocher d'elle, et elle lui savait un
gré égal de son empressement et de ses

scrupules. Elle remarquait que ses goûts
étaient changés, qu'il devenait mondain
pour lui plaire et surtout pour la voir.
Elle était heureuse et reconnaissante de
tout cela, et elle l'était encore plus de
son langage et de sa réserve avec elle.
Jamais un mot de galanterie, mais un
ton de confiance absolue, une attention
flatteuse d'élever tout à coup l'entretien quand il s'adressait à elle, une manière charmante de lui faire entendre,
sans le lui dire, qu'on ne pouvait lui
parler de choses vulgaires comme à tout
le monde, parce qu'elle était au-dessus
de tout le monde et au-dessus de toutes
choses.

Elle apprit un jour qu'il avait rompu
sa liaison avec Lucy Mary. Cette nouvelle la charma et en même temps la

troubla. Elle se demanda si ce sacrifice, qui lui était vraisemblablement dédié, ne l'engageait pas trop avec Jacques. Elle se reprocha de lui prendre toute sa vie quand elle ne pouvait lui donner toute la sienne. Pour apaiser sa conscience, elle résolut, par un effort héroïque, de le pousser de nouveau au mariage et d'y employer sincèrement toute son éloquence. Elle lui rappela donc qu'elle avait accepté la mission de le marier, et que c'était pour elle une question d'honneur que d'y réussir.

— D'ailleurs, ajouta-t-elle, vous m'avez exposé, un certain soir, une théorie du mariage qui m'a paru très édifiante ; ce serait vraiment dommage qu'un si beau programme ne fût pas réalisé au moins une fois en ce monde.

— Mais ne voyez-vous pas, dit-il, que j'essaie de le réaliser avec vous?

Elle rougit beaucoup et le regarda avec une sorte de timidité effarouchée.

— Vous ne craignez rien, j'espère? reprit-il. J'ai mis votre fils entre nous. Je voudrais maintenant être pour vous plus qu'un ami que je ne le pourrais pas sans me déshonorer ridiculement, à vos yeux comme aux miens... J'aurais l'air d'un vrai Tartufe... Vous comprenez que c'est impossible.

— Dieu merci! dit-elle; mais ce qui est impossible aussi, je le crains bien, c'est que l'amitié suffise à remplir la vie d'un homme... Je me sens cruellement égoïste d'aliéner à mon profit, pour si peu, tout votre cœur et tout votre avenir.

— Madame, reprit-il gaîment, ne vous

attendrissez pas sur moi; je vous assure
que je ne suis pas à plaindre... Il y a en
moi du mystique, et dans d'autres temps
j'aurais été de ceux qui se jetaient,
après quelques orages de jeunesse, dans
les cellules d'un cloître ou dans les thé-
baïdes de Port-Royal. Ils n'y trouvaient
certes pas l'agrément d'une amitié
comme la vôtre... Très sérieusement
vous êtes mon refuge et mon salut; il y
a aujourd'hui comme un débordement
de matière dont j'ai pu prendre ma part,
mais dont enfin je suis écœuré... J'en
ai jusqu'à la gorge... Je me sentais
comme enlisé dans la fange... Bref, je
suis affamé d'un idéal élevé et même
austère, et je le trouve dans le sentiment
que j'ai pour vous ; car ce sentiment,
qui est de l'amour, j'en ai peur, est aussi

une religion. Soyez donc tranquille.
Soyez heureuse surtout. Aimez-moi un
peu, et n'en parlons plus... Je vais vous
lire une page de votre cher Tennyson,
le plus chaste des poètes. C'est tout à
fait de circonstance.

Un autre soir, quelques mois plus
tard, c'était elle qui le rassurait. Elle
devait partir le lendemain pour aller
passer quelques semaines à Dieppe avec
sa mère et avec son fils. M. de Lerne
était venu lui dire adieu. Bien que
leur séparation dût être courte, elle ne
pouvait se défendre d'un peu d'émotion
et de secrète défaillance. Craignant apparemment d'être plus tendre qu'elle
ne voulait l'être, elle poussa ce soir-là
la réserve jusqu'à la froideur. Étonné de
son attitude embarrassée et un peu rail-

leuse, M. de Lerne devint lui-même gêné
et silencieux. Il ne tarda pas à se lever
pour prendre congé. Comme ils se donnaient la main, elle surprit dans son regard une singulière expression d'inquiétude et de défiance :

— Je gage, dit-elle en souriant, que
je devine votre pensée?

— Voyons?

— Vous vous demandez si je ne vais
pas vous dire à mon tour, comme cette
dame : Adieu, imbécile!...

— C'est vrai!... et réellement vous
auriez peut-être raison, car nous sommes
bien fous tous deux, je le crains!

— Ah! malheureux! reprit-elle, ne
dites pas cela!... Vous ne le pensez pas!
Je vous sais tant de gré, au contraire...
je vous suis si reconnaissante!... Vous

me faites tant de bien, mon ami!...
Tenez, je vais vous dire une chose qui
ne vous étonnera pas beaucoup, je
pense... mais enfin je veux vous la dire...
Eh bien ! vous m'avez sauvée. Sans vous
je me perdais !.. Maintenant, vous pouvez croire que je n'ai pas du tout envie
de me perdre avec vous... Ah ! mon ami,
nous tomberions de si haut ! Songez
donc... Nous serions cent fois plus cou-
pables que d'autres... Nous serions vils...
n'est-ce pas vrai ?... Restons donc comme
nous sommes... Je vous aimerai bien,
je vous estimerai, je vous bénirai, mon
ami, dans toute la sincérité de mon
cœur... Et maintenant, adieu, cher imbécile !.. Écrivez-moi.

C'était ainsi qu'ils se rehaussaient le

cœur mutuellement quand ils se sentaient
faiblir.

Préoccupée de donner à leurs relations un caractère de plus en plus sérieux et élevé, la sage jeune femme
avait prié Jacques de lui tracer une espèce de plan d'études et de lui faire un
choix de lectures. — C'était, disait-elle,
pour qu'il ne s'ennuyât pas trop avec
elle. — Jacques passa le temps de leur
séparation à lui former une bibliothèque
où les écrivains du XVIIᵉ siècle tenaient
la place d'honneur, entre les œuvres de
la critique moderne et de nombreuses
collections de mémoires historiques. Ce
fut le sujet de leur correspondance pendant le séjour de Jeanne à Dieppe. —
Après son retour, elle se jeta sur sa bibliothèque avec ardeur, et il y eut dé-

sormais entre elle et Jacques un lien de
plus, celui qui unit l'élève au maître ; car
M. de Lerne, qui était instruit et lettré,
était pour elle un guide et un commen-
tateur plein de goût. Dès ce moment,
leurs entretiens, leurs admirations sympathiques et même leurs discussions sur
les choses de la littérature ou de l'histoire ajoutèrent un intérêt nouveau à
leur tendre intimité.

*

VIII

Ces sortes d'amitiés réparatrices, qui
sont le rêve de tant de femmes mésalliées, — ou du moins des meilleures, —
demandent assurément pour rester pures
des caractères d'élite, et peut-être aussi
des circonstances exceptionnelles comme
celles qui avaient rapproché madame de
Maurescamp et M. de Lerne. Mais enfin
ces amours héroïques ne sont pas sans
exemple dans le monde, quoique le
monde n'y croie guère. Le monde
n'aime pas beaucoup les mérites qui dé-

passent la mesure commune, qui est la
sienne. De plus, les amours innocents se
cachent moins que les autres : dédai-
gnant l'hypocrisie, ils prêtent souvent
davantage à la médisance. On ne s'é-
tonnera donc pas que le public jugeât
avec son scepticisme et sa grossièreté
ordinaires les relations d'une nature si
délicate qui s'étaient établies entre Jeanne
et son ami. Mais s'il y avait parmi le
public un homme entre tous qui fût incapable d'entrer dans des nuances de ce
genre, c'était le baron de Maurescamp.
Quoiqu'il fût très jaloux, beaucoup plus
par vanité que par amour pour sa
femme, il n'avait jamais songé à se dé-
fier de son ami Monthélin, qui cependant avait été si près de mettre son honneur à mal; mais en revanche, avec le

tact habituel de sa confrérie, il ne manqua pas d'ouvrir démesurément les yeux sur la liaison irréprochable de sa femme avec le comte de Lerne. D'instinct il détestait Jacques, qui lui était supérieur à tant d'égards ; il l'avait eu souvent pour rival, et pour rival heureux, dans les régions du monde galant, où la distinction de l'esprit et l'élévation des sentiments gardent encore leur prestige. Il parut dur à M. de Maurescamp de retrouver la rivalité de ce fâcheux jusque dans son intérieur conjugal, et il faut convenir que, s'il n'eût été lui-même le plus maladroit et le plus coupable des maris, sa susceptibilité à cet égard n'eût pas laissé d'être excusable.

Jeanne s'était aperçue plus d'une fois de la mauvaise humeur que manifestait

son mari à l'occasion des assiduités de
M. de Lerne auprès d'elle ; mais, forte
de son innocence, elle s'en était peu
inquiétée. Toutefois, pendant son séjour
à Dieppe, elle avait affecté à plusieurs
reprises de lui donner à lire les lettres
qu'elle recevait de Jacques, afin de lui
mettre l'esprit en repos, en lui démon-
trant le caractère purement amical de
leurs relations.

Pour l'en mieux convaincre, elle s'in-
géniait aussi quelquefois, bien qu'il lui en
coûtât, à le faire demeurer dans son
salon entre elle et Jacques pour ôter à
leurs habitudes d'intimité toute apparence de mystère. Mais ces précautions
et ces égards furent loin d'obtenir tout le
succès qu'elle s'en promettait. M. de
Maurescamp se trouvait avec raison mal

à l'aise et déplacé entre eux ; il se sentait agacé et irrité du rôle inférieur qu'il jouait en ces circonstances; il haussait les épaules, jetait quelques plaisanteries grossières et dénigrantes, et s'en allait. La vérité toutefois a tant de force qu'il était assez tenté de croire que leur commerce était en effet simplement sentimental et intellectuel. Mais il n'en nourrissait pas moins contre M. de Lerne une haine sourde et violente qui n'attendait qu'une occasion d'éclater.

Malheureusement cette occasion ne devait pas tarder à se présenter.

Ainsi que nous l'avons dit, M. de Maurescamp, depuis une année environ, s'était épris de Diana Grey, jeune écuyère américaine qui était alors fort à la mode à Paris. Cette créature, fille d'un acrobate

de bas étage et bercée dans la fange, n'en
avait pas moins la beauté pure et fraîche
d'un lys. Pâle, fine, élégante, d'une véritable perfection plastique, d'une déprava-
tion supérieure à laquelle elle joignait
une sorte de férocité anglo-saxonne, elle
avait en vertu de toutes ces qualités complètement subjugué le baron de Maurescamp. Elle lui avait inspiré un de ces
amours terribles et serviles qui sont en
général le privilège des vieillards, mais
que les jeunes viveurs blasés subissent
aussi quelquefois par avancement d'hoi-
rie. Elle l'avait conquis d'abord par son
charme et sa vogue : elle acheva de le
maîtriser par les caprices fantasques dont
elle le torturait. Il y a des hommes qui,
comme la femme de Sganarelle, aiment
à être battus : M. de Maurescamp était

apparemment du nombre, et il fut à cet
égard servi à souhait par la gracieuse
Américaine. Diana Grey, si elle en eût eu
la fantaisie, l'eût fait passer à coups de
chambrière dans un de ces cerceaux de
papier qu'elle crevait elle-même chaque
soir dans les jeux du cirque. Elle préféra
se faire donner un joli hôtel dans l'avenue
du Bois-de-Boulogne et tout ce qu'il
fallait pour y vivre confortablement.
Moyennant cette compensation, elle voulut bien, à l'expiration de son engagement, renoncer à la carrière artistique et
combler ainsi les vœux de M. de Maurescamp.

IX

Dans les premiers jours d'avril 1877,
cette singulière personne eut l'idée de
pendre la crémaillère dans son hôtel en
conviant quelques amis à déjeuner. Elle
dressa elie-même la liste des invités, et,
au grand ennui de M. de Maurescamp,
elle inscrivit sur cette liste le nom du
comte de Lerne, qu'elle connaissait à
peine, mais dont elle avait beaucoup entendu parler : car il avait laissé dans la
haute bohème parisienne une réputation
d'aimable compagnon et de galant hom-

me. Jacques avait définitivement rompu toutes relations avec la société dont Diana Grey était une des étoiles ; mais il craignit (bien à tort) de froisser M. de Maurescamp s'il refusait l'invitation de sa maîtresse, et il l'accepta.

Diana Grey plaça M. de Lerne à sa droite, et, dès le commencement du déjeuner, elle s'occupa de lui avec une prédilection marquée. Jacques parlait parfaitement l'anglais ; elle prit plaisir à s'entretenir avec lui dans cette langue, que M. de Maurescamp n'avait pas l'avantage de comprendre. Jacques se dérobait, autant qu'il pouvait le faire honnêtement, aux amabilités excessives de sa voisine et essayait de lui parler français, mais elle ne le voulait pas et continuait résolûment de lui parler anglais, en vidant à sa

santé de pleines coupes de *pale ale* entre-
mêlées de verres de porto. En même
temps, elle lançait des regards méprisants
et provocateurs à M. de Maurescamp, qui
lui faisait face au centre de la table et qui
visiblement n'était pas content. — Les
femmes de l'espèce de Diana Grey ont de
ces représailles farouches contre les hommes qui les achètent.

Le déjeuner fut un peu froid. La maîtresse de la maison parut seule s'y diver-
tir franchement. Dès qu'il fut terminé,
Jacques de Lerne, pressé de se soustraire
à une situation ennuyeuse, prit prétexte
d'un rendez-vous d'affaires et se retira.

Diana Grey, après son départ, alluma
une cigarette et, se renversant sur un
divan, à l'américaine, y cuva son porto.
— Elle s'aperçut que M. de Maurescamp

la boudait, et pour raccommoder les
choses :

— Mon gros *boy*, lui dit-elle à très
haute voix, avec son léger accent, il est
très gentil, l'amant de votre femme...
J'ai un caprice pour lui, vous savez ?

— Vous êtes grise, Diana, dit M. de
Maurescamp, qui devint fort rouge ; vous
êtes grise... et vous oubliez de qui vous
parlez !

— Parce que je parle de votre femme ?..
Pourquoi m'en parlez-vous vous-même,
cher ami ?.. Vous m'avez dit que c'était
un glaçon !.. un glaçon !.. Ah ! bon ! et
vous croyez ça,.. pauvre ange !.. C'est
une chose extrêmement drôle que tous
les maris croient que leurs femmes sont
des glaçons... Mais nous autres, nous
savons le contraire... par leurs amants !

Et elle continua de pousser tranquillement entre ses lèvres roses des petits nuages de fumée vers le plafond.

— Elle est absolument grise, dit un des convives à M. de Maurescamp. C'est dommage qu'elle ait ce défaut... Sans cela, elle serait parfaite.

Une heure plus tard, quand tout le monde fut parti, Diana Grey confia secrètement à M. de Maurescamp qu'en effet elle était grise et qu'en conséquence, tout ce qu'elle avait dit et rien, c'était la même chose : après quoi, elle demanda son pardon et l'obtint.

Mais madame de Maurescamp n'obtint pas le sien. Il y avait longtemps déjà que son mari avait cessé de l'aimer, et il y avait longtemps aussi qu'il avait commencé de la haïr. — Car, dans ces mariages mal assortis, il est rare que le dissentiment s'arrête à l'indifférence. — Les odieuses et cyniques paroles proférées publiquement par Diana Grey étaient au reste heureusement choisies pour exaspérer M. de Maurescamp. Sans avoir beaucoup d'imagination, il en avait pourtant assez pour se représenter sa femme, dont il n'avait jamais éprouvé que les froideurs méprisantes, s'abandonnant avec un autre aux plus vifs transports de la passion, et cette image, désagréable pour tout le monde, l'était au suprême degré pour un homme aussi vaniteux, aussi hautain, aussi gâté et aussi sanguin que l'était le baron de Maurescamp. Il ne songea pas à se dire qu'il pouvait être un peu injuste de faire dépendre le repos, l'honneur et la vie de sa femme des bavardages avinés de

13.

sa maîtresse. Il sentit déborder dans son
cœur les sentiments de dépit, de jalousie
et de haine qui s'y amassaient depuis longtemps contre sa femme et contre Jacques
de Lerne, et il résolut de mettre fin à leurs
relations, en se vengeant tout à la fois de
l'un et de l'autre.

L'occasion d'un duel avec Jacques lui
parut particulièrement opportune : les incidents du déjeuner pouvaient lui fournir
pour ce duel un prétexte spécieux qui
aurait le double avantage de laisser le
nom de madame de Maurescamp en
dehors de leur querelle, et de lui assurer à
lui-même le choix des armes. Il était
d'une force remarquable à l'épée, et,
quoique brave par tempérament, il n'était
pas d'humeur à négliger cet avantage.

X

Il descendit les Champs-Élysées, mâ-
chant un cigare éteint et voyant rouge.
Vingt minutes plus tard il entrait à
son cercle et y trouvait quelques-uns
de ses convives du matin, entre autres
MM. de Monthélin et d'Hermany, avec
lesquels il s'enferma dans un boudoir
particulier. — Il leur dit confidentielle-
ment qu'il se considérait comme offensé
par la tenue inconvenante du comte de
Lerne auprès de Diana Grey, par son
affectation à lui parler anglais pendant

toute la durée du déjeuner, quand il
savait parfaitement que lui, Maurescamp,
maître de la maison, ignorait cette langue,
enfin par son attitude généralement im-
pertinente jusqu'à la provocation. MM. de
Monthélin et d'Hermany, gentlemen fort
corrects, malgré ce qui pouvait leur
manquer d'ailleurs, ne soulevèrent aucune
objection contre la légèreté de ces griefs,
comprenant qu'ils en cachaient de plus
sérieux et de plus légitimes qu'il était
convenable de laisser dans l'ombre. M. de
Maurescamp ajouta qu'il avait pour principe et pour système de terminer ces sortes d'affaires dans le plus bref délai possible, afin de ne pas leur laisser le temps
de s'ébruiter, et pour prévenir ainsi l'in-
tervention toujours si regrettable des
femmes. Il priait en conséquence ces

messieurs de vouloir bien lui rendre le service de se transporter immédiatement
chez M. de Lerne et d'y accomplir la mission qu'il confiait à leur amitié.

M. de Monthélin fit observer que son
duel personnel avec M. de Lerne lui imposait l'obligation de se récuser en cette circonstance. M. de Maurescamp en convint :
il se rejeta alors sur un autre de ses amis,
M. de la Jardye, également membre du
cercle, et que M. d'Hermany alla chercher aussitôt dans un salon voisin. M. de
la Jardye adorait ces occasions qui lui
permettaient de déployer son importance.
Il essaya mollement, par respect pour la
forme, de faire entendre quelques paroles
de conciliation ; mais il avait aussi assisté
au déjeuner de Diana Grey, et il finit par
avouer, puisqu'on voulait bien lui de-

mander son avis sincère, qu'il s'était passé
à ce déjeuner des choses d'une digestion
un peu difficile à tous égards pour son
ami le baron de Maurescamp ; c'est pourquoi il était tout disposé à lui prêter son
concours en qualité de témoin.

M. de Lerne cependant était loin de
s'attendre à la fête qui se préparait pour
lui. Il fit tranquillement sa promenade
quotidienne au Bois et rentra chez lui vers
six heures. Il y trouva, non sans surprise et non sans ennui, les cartes de
MM. de la Jardye et d'Hermany, sous enveloppe fermée, avec cette annotation au
crayon :

— « Venus pour affaire personnelle au
baron de Maurescamp. — Auront l'honneur de revenir à six heures et demie. »

Jacques n'eut pas besoin de longues

réflexions pour deviner de quoi il s'agis-
sait. Bien qu'il ignorât les infâmes propos
tenus par Diana Grey après son départ,
l'irritation de M. de Maurescamp pendant
le déjeuner ne lui avait pas échappé, et
il comprit aussitôt, avec la prompte luci-
dité des imaginations vives, la vérité de
la situation : — M. de Maurescamp sai-
sissait le premier prétexte sortable pour
satisfaire sa haine de mari jaloux sans
compromettre le nom de sa femme.
— M. de Lerne n'avait rien à dire à cela.
Il écrivit à deux de ses amis, MM. Jules
de Rambert et John Evelyn, — ce dernier Anglais, — fit porter les lettres en
toute hâte et eut le plaisir de les voir
arriver l'un et l'autre chez lui quelques
minutes après qu'il eut reçu MM. de
la Jardye et d'Hermany. Il laissa les

quatre témoins ensemble et se tint à
leur disposition dans une pièce voisine.

L'affaire était de celles qui ne se dis-
cutent pas longuement, parce que tous les
intéressés savent qu'il y a, sous le motif
ostensible de la querelle, un autre motif
qui est le véritable, et qui, d'un accord
commun, ne peut être ni contesté, ni même
indiqué. Aux griefs allégués par MM. de
la Jardye et d'Hermany au nom de M. de
Maurescamp, MM. de Rambert et Evelyn
répondirent au nom de leur client que ces
griefs étaient purement imaginaires,
que toutefois, puisque M. de Maurescamp
se regardait comme offensé, M. de Lerne
ne pouvait que s'incliner devant son appré-
ciation. Du reste, M. de Lerne, comme
M. de Maurescamp, était d'avis que l'affaire fût vidée aussitôt qu'elle pourrait

l'être et avant que le monde pût s'en occuper. Quant au choix des armes, les
témoins de M. de Lerne ne se montrè-
rent pas tout à fait aussi accommodants :
ils avaient reçu de Jacques, sous le sceau
du secret, une confidence très délicate.

— En principe, leur dit-il, j'accepte
l'épée, j'accepte tout ; mais vous savez
que j'ai été blessé au bras droit, il y a
deux ans, dans mon duel avec Monthélin ;
il m'est resté de cette blessure un peu
de faiblesse dans le bras ; c'est peu de
chose et cela dépend un peu du temps
qu'il fait ; mais enfin cela peut me gêner
sur le terrain... Prendre prétexte de cette
petite infirmité pour exiger le pistolet, je
ne le peux pas,.. car elle n'est pas apparente. On me voit tous les jours toucher
du piano d'une main très ferme. On croi-

14

rait que j'invente un faux-fuyant pour
me dérober à la flamberge de Maurescamp, qui tire très bien. Donc, sur votre
honneur et pour le mien, pas un mot de
mon bras ! Mais si vous pouvez obtenir
le pistolet par quelque argument honorable, j'en serai bien aise.

Ils s'efforcèrent donc de représenter
aux témoins de M. de Maurescamp que,
l'affaire étant engagée comme elle l'était,
la qualité d'offenseur ou d'offensé demeurait réellement douteuse entre les deux
adversaires. La provocation adressée par
M. de Maurescamp à M. de Lerne à la
suite d'incidents dont il était impossible
de méconnaître la futilité, n'avait-elle
pas un caractère excessif qui l'assimilait
à une véritable agression ? Il leur parais-

sait en conséquence vraiment juste et convenable que le choix des armes appartînt à celui qu'on venait provoquer en quelque sorte gratuitement, ou tout au moins que ce choix fût remis au hasard. MM. de la Jardye et d'Hermany répondirent avec une froide politesse qu'il ne pouvait être sérieusement question d'une pareille transposition de rôles dans cette malheureuse affaire et que le refus persistant de reconnaître les droits de leur client à la qualité d'offensé équivaudrait, de la part du comte de Lerne, à un refus de réparation qui ne pouvait certainement entrer dans ses intentions. — MM. de Rambert et John Evelyn ne crurent pas devoir insister davantage. — Ce fut dans la suite une question très controversée dans le public que celle de savoir s'ils avaient eu raison. Les uns prétendaient que les témoins de M. de Lerne, dès qu'ils étaient instruits de son infirmité, si légère qu'elle fût, ne pouvaient plus laisser s'engager le combat dans des conditions évidemment inégales : d'autres, plus compétents à ce qu'il semble, soutenaient que les témoins, en pareil cas, ont pour premier devoir d'observer religieusement les instructions de leur mandant, qui leur confie en premier lieu le soin de son honneur, et en second lieu seulement le soin de sa vie.

Il fut donc convenu que le combat aurait lieu à l'épée et qu'on se rencontrerait le lendemain, à trois heures de l'après-midi, à Soignies, sur la frontière belge.

Jacques apprit sans émotion apparente le résultat de la conférence, remercia ces messieurs de leurs bons soins et de leurs efforts, leur dit gaîment qu'il espérait bien s'en tirer tout de même et leur donna rendez-vous pour le lendemain matin sept heures à la gare du Nord.

Demeuré seul, il prit un air très sérieux que les circonstances ne laissaient pas de justifier. Par un sentiment de point d'honneur naturel, mais peut-être excessif, il n'avait pas voulu avouer même à ses amis toute la vérité en ce qui concernait son bras blessé; en réalité, tout exercice un peu prolongé, et surtout celui de l'escrime, déterminait dans ce malheureux bras un malaise et un engourdissement qui devaient, en face d'un

tireur aussi habile et aussi vigoureux
que M. de Maurescamp, laisser son adversaire dans une situation d'infériorité
très marquée. M. de Lerne envisagea
cette perspective d'un cœur ferme :
mais, sans s'abandonner et sans se regarder comme un homme mort, il ne
se dissimula pas qu'il allait courir un
extrême danger.

Il fit ses dispositions en conséquence.
Par bonheur, sa mère dînait en ville
ce jour-là : il l'aimait, quoiqu'il eût
beaucoup souffert par elle, et il se féli-
cita que le hasard lui épargnât la contrainte cruelle que sa présence lui eût
imposée. — Mais il lui restait à subir
dans cette même soirée une épreuve
aussi pénible, si elle ne l'était pas davantage. Madame d'Hermany donnait un

grand bal, et il avait été convenu depuis
longtemps entre madame de Maurescamp
et Jacques qu'ils s'y rencontreraient. Ils
s'en étaient renouvelé la promesse dans
l'après-midi même au Bois. Pour plus
d'une raison M. de Lerne jugea qu'il ne
pouvait se dispenser de se rendre à ce
bal. Il craignit, en n'y allant pas, d'af-
fliger Jeanne ou de l'inquiéter. Si par
hasard quelques vagues rumeurs relatives
au duel du lendemain s'étaient déjà ré-
pandues, sa présence et son attitude
pourraient suffire à les dissiper. Mais,
avant tout, il lui sembla que la réputation
de Jeanne lui commandait cet effort de
courage : puisque M. de Maurescamp avait
pris sa maîtresse et non sa femme pour
prétexte de leur querelle, M. de Lerne
pensa que le meilleur moyen de s'associer

à ses intentions et de donner le change
au public était de se montrer dans le
monde ce soir-là avec madame de Maurescamp dans les mêmes termes et sur
le même pied qu'à l'ordinaire. Quoique
cela lui coûtât beaucoup, il s'en fit donc
un devoir de délicatesse.

XI

Il écrivit deux lettres, une à sa mère,
l'autre à Jeanne, et, à onze heures, paré
et souriant, il se rendait avenue Gabriel,
à l'hôtel d'Hermany. Le maître de la
maison, témoin de son adversaire, ouvrit des yeux un peu hébétés à l'apparition de cet hôte inattendu ; mais
il se remit aussitôt et lui fit grand accueil, trouvant, comme il le dit plus
tard, que la chose était crâne, correcte et qu'elle prouvait un estomac
supérieur. — La blonde Madame d'Her-

many, plus belle, plus sombre et plus
perverse que jamais, vit que M. de Lerne
semblait chercher quelqu'un dans la
foule et, le regardant dans les yeux, lui
dit brièvement : — « Deuxième porte à
gauche, — dans la serre, sous le troisième palmier à droite... et dites que
je ne suis pas bonne ! » — Il la salua
gravement et suivit l'indication.

On pénétrait des salons dans la serre
par deux arcades dont l'une était réservée
à l'installation de l'orchestre. La serre
était elle-même un vaste salon à coupole
offrant un pêle-mêle magnifique d'é-
normes vases bleus à torsades d'or, de
cuves cloisonnées, de statues de marbre
à demi cachées dans la verdure ; — des
divans bas, entourés de tabourets et de
pliants, s'étendaient sous les larges éven-

tails des palmiers, sous les lianes pendantes aux pâles fleurs de cire, sous les
feuillages vernis et les épaisses corolles
blanches des magnolias. Une chaude
odeur de forêt tropicale saturait l'air, et
on entendait sortir des groupes de cau-
seurs établis çà et là un bourdonnement
de ruche, qui s'élevait de temps à
autre par éclats soudains pour dominer
les sonorités bruyantes de l'orchestre.

Dans un de ces groupes, — sous le
troisième palmier à droite, — se trouvait
Jeanne de Maurescamp, prêtant une
oreille distraite à trois ou quatre sou-
pirants, d'âges divers. En apercevant
Jacques, elle eut tout à coup cet
épanouissement du visage, ce plein
sourire que les femmes réservent à leurs
enfants et à leurs amants, et que leurs

maris connaissent plus rarement. Il
suffit de ce sourire pour rassurer Jacques et le convaincre qu'aucun bruit
relatif à l'événement du lendemain
n'était arrivé aux oreilles de Jeanne.

A l'arrivée du comte de Lerne, les
astres secondaires qui avaient gravité
jusque-là autour de la jeune femme
s'éclipsèrent successivement avec un
sentiment mélangé de dépit et de déférence : car tout en calomniant généralement les relations de madame de
Maurescamp et de son ami, généralement aussi on y sentait quelque chose
qui méritait le respect. Mais avant de se
trouver seul en tête-à-tête avec Jeanne,
M. de Lerne avait eu le temps de faire
à part soi quelques réflexions assez
amères : debout en face d'elle, il lui

semblait, tant il était frappé de son
élégante beauté, qu'il la voyait et l'ad-
mirait pour la première fois. — Elle
portait avec la chasteté de Diane les
modes indécentes de ce temps, et montrait hors de son mince corselet sombre
son buste presque entier et ses bras
souples et purs. Ses cheveux noirs,
plantés un peu bas comme ceux des
déesses, étaient tordus simplement en
un lourd chignon qui retombait sur la
nuque. Sa tête, attirée en arrière par
leur poids, se dressait un peu raide dans
une pose fière et victorieuse. — Elle
se sentait en beauté et elle en riait,
laissant entrevoir l'éclat de ses dents
entre la pourpre de ses lèvres un peu
épaisses. — Devant cette créature charmante, animée de toutes les grâces de

15

l'intelligence et de toute la vie de la
passion, Jacques ne put se défendre
d'un mouvement presque sauvage de
désir, de regret et de colère : — Il
l'avait respectée! Il s'était fait cette violence! Il avait eu cet héroïsme fou!...
et voilà comment il en était récompensé!

Avec l'étrange et rapide pénétration
des femmes, madame de Maurescamp
parut surprendre quelque chose de cela
dans les regards ardents et troublés du
jeune homme : une faible rougeur passa
sur ses joues brunes; elle tourmenta
son éventail avec un peu d'embarras, et
levant son front presque timidement :

— Vous n'avez pas vos bons yeux, ce
soir? lui dit-elle. Qu'est-ce qui vous
prend!

— Vous êtes si belle! dit Jacques

d'une voix basse. — Vous me faites mal !

— Ça passera, dit-elle en riant. — Voyons, mon ami, pas d'observations de ce genre-là ; à quoi ça sert-il?.. Est-ce que vous redevenez matérialiste?

— Je le suis passablement pour le quart d'heure !

— Vous m'attristez, vous savez?

— Mais, enfin, dit-il en s'asseyant, je ne suis pas un pur esprit.

— Eh bien! moi, j'en suis un, dit-elle avec un rire d'enfant, et j'en suis enchantée,.. et, du reste, c'est votre faute !..

Puis tout à coup, d'un ton sérieux et pénétré :

— Ah! reprit-elle, si j'étais sûre que vous fussiez heureux, mon ami, comme

je serais heureuse moi-même? voilà ce
que je me disais tout à l'heure avant
votre arrivée.

— Êtes-vous donc vraiment si heureuse? demanda-t-il d'un accent un peu
ému.

— Heureuse ! heureuse ! heureuse !...
répondit-elle avec une gracieuse effusion : — Et par vous ! vous pouvez vous
en vanter ! Il y a même des moments
où je suis comme épouvantée de mon
bonheur, où il me semble que c'est trop
beau ! — Songez donc, poursuivit-elle,
en baissant un peu la voix : j'aime, je
suis aimée, et tout cela sans trouble, en
paix, sans un remords dans le présent, sans une crainte dans l'avenir...
car, grâce à Dieu, et à vous mon ami,
je verrai venir sans effroi cette première

ride qui est le spectre et le châti-
ment des communes amours. Je sens
que je vieillirai sans peine,.. presque
avec joie même,.. parce que, moins
jeune, je serai plus libre, moins asservie
aux convenances, plus rapprochée de
vous,.. moins compromettante enfin !..
Ainsi, par exemple, je me fais une fête
délicieuse de pouvoir un jour voyager
avec vous,.. et pour cela, il faut vieil-
lir !.. Mais, en attendant, si vous saviez
comme la vie, comme le monde se sont
transformés pour moi, depuis que je
suis aimée comme je veux l'être... Soyez
un peu fier, je vous prie, du miracle
que vous avez accompli ! Il semble que
vous ayez modifié, élevé, épuré tous mes
sens, tout mon être,.. que vous m'ayez
enseigné,.. comment dirai-je cela ?.. le

sens divin des choses,.. que vous m'ayez
appris à voir, à comprendre par le côté
noble tout ce qui existe,.. tout ce qui
frappe mes yeux et ma pensée... J'ai
ainsi des joies inconnues de tout le
monde, des joies du ciel,.. des plaisirs
d'ange !.. Tout ce qui passe sous mes
regards est éclairé d'une lumière nouvelle et revêt une beauté que je ne connais-
sais pas... Tenez, c'est un enfantillage,
mais tantôt, en me promenant au Bois,
je regardais les arbres,.. qui me laissaient bien tranquille autrefois,.. et je
me disais : « Mon Dieu, que c'est beau,
un arbre ! comme c'est fort ! comme
c'est élégant ! comme c'est vivant !.. »
Il n'y a pas un objet dans la nature, pas
un brin d'herbe qui ne me cause maintenant de ces étonnements, de ces

extases... Je suis sûre,.. ne le pensez-
vous pas?.. que toutes les choses de ce
monde ont deux faces, l'une matérielle
en quelque sorte et vulgaire, qui est
ouverte et visible à tous,.. l'autre mys-
térieuse, idéale, qui est le secret et la
marque de Dieu,.. et c'est celle-là que
je vois avec les yeux que vous m'avez
faits!.. Voilà votre ouvrage, mon ami!

Pendant qu'il l'écoutait avec de secrè-
tes angoisses, le visage de Jacques avait
pris peu à peu une expression très douce
et très grave :

— Oui, dit-il lentement d'une voix un
peu altérée, en fixant sur elle un regard
d'une tendresse infinie, il doit y avoir un
Dieu,.. et une vie supérieure,.. et des
âmes immortelles,.. puisqu'il y a des
êtres comme vous !..

Puis tout à coup :

— Mais, grand Dieu ! qu'avez-vous donc ?

Il crut qu'elle se trouvait mal : elle était devenue subitement d'une pâleur de marbre, et son œil s'était tendu dans l'espace comme sur une effrayante apparition : M. de Lerne se détourna brusquement et aperçut M. de Maurescamp arrêté à l'entrée de la serre, dans le cadre de la porte : il les regardait fixement, et ses yeux, ses traits enflammés témoignaient une telle démence de colère que M. de Lerne se leva aussitôt, s'attendant à quelque acte immédiat de violence.

M. de Maurescamp s'avança vers eux à pas lents, luttant évidemment contre un déchaînement de passions presque irrésistible ; toutefois, chemin faisant, sous le

coup des regards qui s'attachaient sur lui
de toutes parts, et sous l'impression du
silence qui se fit soudainement dans le
salon, il parvint à se maîtriser à demi, et,
arrivé devant sa femme, il lui dit simplement d'une voix rauque et sourde :

— Votre fils est malade,.. venez !

Jeanne poussa un léger cri : Mon
Dieu !.. Elle lui adressa quelques questions précipitées ; mais, comprenant vite
à son air et à l'embarras de son langage
que la maladie de l'enfant n'était qu'un
prétexte, elle le suivit sans ajouter un
mot.

M. de Maurescamp, après avoir fait
dans la soirée une apparition à l'Opéra,
était revenu à son cercle. Il y avait été
informé par hasard de la présence du
comte de Lerne au bal des d'Hermany.

Il savait que sa femme y devait aller. Il n'avait aucune délicatesse dans l'esprit, n'en ayant aucune dans le cœur, et il ne soupçonna pas même les motifs honorables qui avaient dicté la conduite de M. de Lerne. Il n'y vit qu'une insolente bravade dont sa femme était complice, et il se rendit aussitôt à l'hôtel d'Hermany, sans aucun projet déterminé, mais emporté par un mouvement de haine et de fureur qui ne devait reculer devant aucune extrémité, pas même devant un scandale public. — Comme on l'a vu, grâce à une lueur suprême de réflexion et de raison, le scandale ne fut pas éclatant : tel qu'il fut toutefois, il suffit pour flétrir à jamais en une minute l'honneur de sa femme et le sien.

XII

Pendant que la nouvelle du brusque enlèvement de madame de Maurescamp par son mari se répandait de salon en salon en sourds chuchotements mêlés de rires, M. de Maurescamp se jetait lourdement dans son coupé à côté de Jeanne.

Dès qu'ils n'avaient plus eu de témoins, il avait cessé de lui parler de son fils ; ce silence et l'attitude farouche qu'il gardait ne pouvaient plus laisser l'ombre d'une illusion à la malheureuse jeune femme. Elle éprouvait une détresse inexprima-

ble : — c'était l'étonnement hébété d'une
créature atteinte par la foudre en pleine
vie, en plein bonheur, en pleine innocence ; l'indignation douloureuse d'une
honnête femme publiquement insultée,
l'appréhension vague de quelque catastrophe inconnue, prochaine et terrible.
Dans ce trouble sans nom, elle demeura
muette, attendant qu'il parlât : elle attendit en vain, et le trajet, assez court
d'ailleurs, de l'avenue Gabriel à l'avenue
de l'Alma, se passa sans qu'une parole
fût échangée entre eux.

Jeanne, cependant, commençait à dégager son âme, naturellement vaillante,
du chaos de sentiments où la première
surprise l'avait jetée. Elle traversa d'un
pas ferme, sous les yeux de trois ou
quatre valets immobiles, le grand ves-

tibule sonore de son hôtel, et monta
l'escalier en silence; mais quand, arrivée
sur le palier du premier étage où était
son appartement, elle vit que son mari,
qui demeurait au-dessus d'elle, s'apprê-
tait à passer outre et à la quitter :

— Pardon, lui dit-elle ; veuillez entrer
là, j'ai à vous parler.

Il hésita quelques secondes : comme
la plupart des hommes, il n'aimait pas les
explications, mais c'était en réalité un
caractère violent plutôt que fort : l'accent
calme et résolu de sa femme lui imposa,
tout en l'irritant. Il la suivit donc chez
elle, mais avec un degré de colère de
plus. — Elle ferma la porte derrière lui
et passa dans le boudoir qui précédait sa
chambre à coucher; se retournant alors
et le regardant :

16

— Enfin, dit-elle, qu'est-ce qu'il y a?

— Il y a, dit-il, que je tuerai votre amant demain matin, voilà ce qu'il y a !

Elle joignit les mains avec bruit et continua de le regarder, les lèvres entr'ouvertes, comme égarée.

— Voilà assez longtemps, reprit-il en jurant et en s'irritant lui-même par la violence de son langage, voilà assez longtemps que vous me bravez,.. que vous m'outragez tous deux,.. que vous me couvrez de ridicule,.. ça va finir !

— Vous êtes un malheureux fou, dit-elle doucement. — Je n'ai pas d'amant !.. Mais voyons... qu'est-ce que vous voulez dire?.. Vous allez provoquer M. de Lerne en duel?

— Il n'y a pas à provoquer, répondit-il avec le même accent de forfanterie grossière, — c'est fait ! nous nous battons demain !

La jeune femme joignit encore les mains et laissa entendre une sourde exclamation de douleur. Son mari parut avoir une sorte de honte de sa brutalité et poursuivit en précipitant ses mots et presque en balbutiant :

— Il est bien clair que je n'avais pas l'intention de vous en prévenir,.. ça n'entre pas dans mes mœurs... mais vous l'avez voulu... vous me forcez la main ;.. vous me poussez à bout... C'est lui d'ailleurs qui a comblé la mesure ce soir... continuer de faire la cour publiquement à la femme quand on se bat le lendemain avec le mari, c'est indigne d'un galant homme,.. c'est ignoble !

— M. de Lerne, dit Jeanne avec force,

ne m'a jamais fait la cour, ni ce soir ni jamais, — du moins comme vous l'entendez... Votre honneur n'est compromis que par vous-même ;.. votre duel avec lui serait une folie,.. une mauvaise action,.. un crime,.. car, je vous le jure et je vous l'atteste devant Dieu... sur la vie de mon fils,.. il n'a jamais été pour moi qu'un ami !

— Bien entendu ! répliqua M. de Maurescamp en ricanant. — Allons ! je crois qu'en voilà assez et même trop !

Et il fit quelques pas vers la porte.

Elle se jeta devant lui :

— Non ! je vous en prie, s'écria-t-elle, je vous en supplie, ne partez pas encore !.. Si vous saviez ce que c'est pour une femme... qui a souffert, après tout, qui a lutté, qui a été tentée... mais qui

enfin est restée honnête, pure, fidèle...
de se voir, non pas soupçonnée seulement, mais condamnée, châtiée avec ce
comble d'injustice et de dureté !... si vous
saviez ce qui se passe alors dans sa malheureuse tête ! si vous saviez ce que vous
pouvez faire de moi, en ne me sachant
gré de rien... en me traitant... imprudente tout au plus... comme si j'étais
coupable de tout !

— Ah ! assez ! répéta-t-il rudement en
essayant de se dégager.

Elle le retint encore en le poussant
doucement devant elle d'une main sup-
pliante ; — il s'adossa à la cheminée dans
une attitude de résignation bourrue.

— Vous savez aussi bien que moi,
poursuivit-elle, l'histoire de notre pauvre ménage... Vous ne m'avez pas ai-

16.

mée longtemps, mon ami.., c'était ma
faute sans doute... je ne vous plaisais
pas... mes goûts n'étaient pas les vôtres...
tout ce que je faisais, tout ce que j'aimais vous fâchait, vous ennuyait... Vous
m'avez abandonnée... vous êtes allé à
vos plaisirs, — c'était tout simple... je
sentais que je n'avais rien à dire puisque
je n'avais pas le pouvoir de vous retenir... mais j'étais bien jeune dans ce
temps-là, mon ami... car il y a des années déjà... et alors, oui, j'ai couru des
dangers, je vous l'avoue. Seule dans
le monde, découragée, énervée, sans
soutien... entourée de mauvais exemples,
livrée à de mauvais conseils, poursuivie,
et à demi pervertie par des gens que
vous ne soupçonnez guère... oui, je me
suis sentie un moment sans cœur, sans

vertu... tout près du mal... Eh bien !
c'est l'amitié qui m'a sauvée... cette
amitié même dont vous me faites un
crime... M. de Lerne a été pour moi...

— Un frère ! interrompit M. de Maurescamp avec le même ton d'ironie in-
sultante.

— Soit ! reprit-elle en s'animant : — Un
frère... si vous voulez !.. Enfin, il m'a
sauvée, voilà ce qu'il y a de certain !..
Quand j'allais prendre le goût des plaisirs défendus, il m'a donné ou rendu le
goût des plaisirs permis... et si votre
femme n'est pas à l'heure qu'il est une
femme galante, c'est peut-être à lui que
vous le devez... et vous voulez le tuer !..
Est-ce juste, est-ce honnête, voyons ?

— Juste ou non, j'y ferai mon possible,
je vous assure !.. Allons ! laissez-moi !

— Mais, grand Dieu ! quel homme êtes-vous donc si vous ne me croyez pas... ou si, me croyant, vous persistez dans vos desseins de haine et de vengeance !.. Non ! non ! je ne veux pas me lasser de faire appel à votre raison, à votre justice, à votre loyauté... Voyons, je ne voudrais pas vous blesser, Dieu sait !.. mais dans un ménage comme le nôtre... dans une situation comme la mienne... que voulez-vous qu'une jeune femme fasse de son temps, de son cœur, de sa pensée, de sa vie ?.. Vous avez vos maîtresses,.. laissez-lui au moins ses amis... et, soyez-en sûr, il faut que vous choisissiez entre les amis qu'elle avoue ou les amants qu'elle cache !

— Ah ! ça, décidément, s'écria M. de Maurescamp, qu'est-ce que vous voulez ?

qu'est-ce que vous me demandez ? Pré-
tendez-vous par hasard... ce serait un
peu fort !.. que j'aille tendre la main à
M. de Lerne, lui faire des excuses et le
prier de vouloir bien reprendre ses relations avec vous ?

— Oui, dit-elle avec énergie... c'est
cela même que je vous demande, — excuses à part, bien entendu !.. et, en vous
demandant cela, je vous demande une
chose absolument juste, honorable et
sensée... car en réalité c'est le seul moyen
que vous ayez de réparer le tort que vous
avez fait à votre honneur et au mien..
c'est le seul moyen de faire tomber les
calomnies qui ont pu courir dans le
monde... auxquelles votre conduite ce
soir a donné plus de vraisemblance
hélas ! — et dont ce duel serait l'irréparable

consécration !... Si vous avez le courage de
rendre vous-même justice à votre femme
innocente... la vérité a bien de la puissance, allez !.. on vous croira !.. et pour
moi, mon ami, si vous saviez combien je
serais touchée, reconnaissante... comme
je vous le prouverais en respectant pieu-
sement dans l'avenir des susceptibilités...
que j'ai peut-être trop peu ménagées,
c'est possible... et qui sait enfin si cette
action généreuse ne serait pas entre vous
et moi un lien tout nouveau ?... Éprouvés
tous deux par la vie, mieux instruits par
l'expérience... par la douleur... qui sait
si nos cœurs ne se rapprocheraient pas,..
qui sait,.. allez ! cela ne dépendra
que de vous, je vous assure... si vous
ne deviendriez pas vous-même pour
moi... ce que vous auriez toujours dû

être.... mon meilleur,... mon seul ami !

— Tout cela est fort beau sans doute, dit M. de Maurescamp en se rengorgeant dans sa cravate, mais c'est du pur roman... Toujours ce misérable esprit romanesque qui vous perd toutes !

— Ah! mon Dieu! reprit la pauvre femme, dont les larmes ruisselaient... eh bien, quoi! que voulez-vous vous-même? continua-t-elle avec exaltation en se tordant les mains... Voyons, qu'exigez-vous? que je ne reçoive plus M. de Lerne, que je ne le voie plus, que je ne lui parle plus jamais,.. que je vous sacrifie cette amitié... et toutes celles que j'aurais pu avoir dans l'avenir?.. Soit ! je vous le promets,.. je m'y engage... Je vivrai seule,.. je vivrai comme je pourrai... D'ailleurs mon fils va grandir,.. je m'occuperai de

lui,.. il sera mon ami, cet enfant... Oui,
je sens que c'est possible, je vous le jure,
et je tiendrai ma parole!.. mais de grâce,
de grâce, mon ami, ne donnez pas suite
à ce duel... il n'a pas de cause, pas de
raison... c'est une chose monstrueuse, je
vous assure! Tenez, je vous en supplie à
genoux!

Elle se jeta à ses pieds éperdue et san-
glotante.

— Je vous en supplie à mains jointes,..
de tout mon cœur,.. de toutes mes larmes! soyez bon! je vous en prie! Lais-
sez-vous toucher;.. ne me désespérez
pas!..

— Allons, s'écria M. de Maurescamp
en la repoussant, c'est du mélodrame
maintenant!

Elle se dressa sur ses genoux, essuya

vivement ses yeux, et lui saisissant les deux mains d'une étreinte violente :

— Ah! malheureux! lui dit-elle d'une voix sourde,.. vous ne savez pas ce que vous faites, vous ne le savez pas!.. Je ne vous dirai pas que vous me tuez... ce serait trop peu dire... — vous me damnez !

Et lui lâchant brusquement les mains :

— Vous pouvez vous en aller... Adieu !

M. de Maurescamp sortit.

Après le départ de son mari, la jeune femme demeura quelques moments affaissée et comme écrasée sur le tapis, les cheveux à demi dénoués, l'œil fixe et sec, agitant la main par intervalles d'un geste égaré. — Elle fut tirée de son accablement

17

par quelques coups légers frappés à la porte du salon. Elle se leva aussitôt. Sa femme de chambre parut.

— Madame, dit-elle, c'est madame la comtesse de Lerne qui est en bas et qui demande si elle peut dire deux mots à madame la baronne.

— Madame de Lerne !

— Oui, madame... Dois-je dire que madame est souffrante? Madame n'a pas l'air bien.

— Faites monter.

L'instant d'après, la comtesse de Lerne entra, — livide, les yeux hagards, toutes les lignes du visage creusées et convulsées. Sans remarquer d'abord l'extrême désordre où elle trouvait Jeanne, elle marcha sur elle du pas raide d'un spectre et lui dit dans les yeux :

— Votre mari se bat demain avec mon fils !

— Je le sais, répondit Jeanne ; il vient de me le dire.

— Ah ! reprit amèrement la vieille dame, il vient de vous le dire?.. C'est le fait d'un misérable !

— Oui, dit Jeanne. — Mais vous, comment le savez-vous ?

— Par Louis, le vieux domestique de mon fils, qui s'est douté de quelque chose tantôt et qui a entendu tous les arrangements des témoins.

— Et vous savez, madame, reprit Jeanne, qu'il n'y a rien de mal entre votre fils et moi ?

A dire vrai, ce fut une nouvelle pour la vieille comtesse, et dans le trouble du

moment, elle ne put dissimuler une sorte
de surprise naïve :

— Mais alors, dit-elle, il n'y a pas de
preuves ?

— Preuves de quoi, dit Jeanne, puisqu'il n'y a rien !

— Et votre mari n'a pas voulu vous
croire ?

— Non.

— Alors... rien à espérer ?

— Rien !

Madame de Lerne se laissa tomber
dans un fauteuil et y resta immobile,
muette, inerte.

Après un silence, Jeanne, qui mar-
chait à travers le salon, s'arrêta devant
elle :

— Il est chez vous, votre fils ?

— Oui.

— Votre voiture est en bas?.. reprit Jeanne. — Eh bien! partons,.. je vais avec vous,.. je veux le voir!

Tout en parlant, elle jetait un voile sur sa tête et se drapait dans ses fourrures.

Madame de Lerne s'était levée, incertaine.

— Est-ce sage? dit-elle.

— Que voulez-vous qu'il arrive de pis? dit Jeanne avec un geste de suprême insouciance. — Et elle l'entraîna.

Madame de Lerne demeurait avenue Montaigne. Ce fut donc l'affaire d'un instant. Chemin faisant, elle rendit compte à Jeanne en paroles entrecoupées de tout ce qu'elle savait, de la cause apparente du duel, du nom des témoins, de l'arme choisie, de l'heure et du lieu de la rencontre.

17.

... Il était environ une heure du matin, et Jacques achevait ses dernières dispositions, quand il eut la stupeur de voir la porte de sa bibliothèque s'ouvrir brusquement et donner passage à madame de Maurescamp.

— Ah! mon Dieu! s'écria-t-il. — Vous! Est-ce possible!

— Oui... Nous avons tout appris, votre mère et moi, dit Jeanne haletante, et je suis venue ;.. j'ai voulu venir ;... me voilà!

— Ma mère aussi!.. murmura-t-il : — Ah! quel ennui!.. Quel chagrin!.. Mais, ma pauvre chère amie, que venez-vous faire ici? Vous vous perdez!

— Je sais bien! dit-elle douloureusement en se laissant tomber sur une chaise, mais j'ai voulu vous voir encore!

Elle sanglotait.

— Ma chère dame,.. ma pauvre enfant, dit-il doucement en lui prenant la main, remettez-vous, je vous en prie, et retournez chez vous bien vite,.. et soyez sûre que ce duel qui vous tourmente ne sera rien... Entre deux hommes qui savent tenir une épée et qui sont à peu près de même force, un duel n'est jamais qu'un assaut sans gravité.

— Ah! dit-elle, il vous hait tant!

Les larmes l'étouffèrent :

— Ainsi, c'est donc fini!.. fini à jamais!.. Oh! quelle injustice, mon Dieu!.. quelle injustice!

— Mon enfant chérie, reprit-il, retirez-vous, je vous en prie;.. vous ne voudriez pas m'ôter mon calme en ce moment,

n'est-ce pas?.. Dites aussi à ma mère que
je la supplie d'être raisonnable,.. qu'il
n'y a pas l'ombre de danger,.. pas
l'ombre... si elle veut bien me laisser
mon sang-froid.

— Eh! bien, dit-elle en se levant,
adieu donc! adieu...

Elle s'arrêta devant lui :

— Nous nous sommes bien aimés,
n'est-ce pas?

— Oui, mon enfant, oui.

Elle le regarda quelques secondes sans
parler, puis l'attirant un peu :

— Oui!... répéta-t-elle.

Et lui présentant son front :

— Baise mon front !.. lui dit-elle, —
afin que, si tu meurs, ce soit du moins
pour quelque chose !

Il posa les lèvres sur ses cheveux;

puis, la soutenant d'un bras, il la conduisit hors de son appartement jusqu'aux premières marches de l'escalier.

— Vite chez vous! lui dit-il en lui baisant les deux mains à la hâte.

Et il la quitta.

XIII

Madame de Maurescamp rentra chez
elle aussitôt, ramenée par madame de
Lerne. Son absence avait été très courte.
Ses gens n'y virent rien d'extraordinaire,
et son imprudente démarche demeura
ignorée de son mari.

Vers cinq heures du matin, elle venait
de s'assoupir, brisée de fatigue et d'émotion, quand un bruit qui se faisait au-
dessus de sa tête la réveilla. Elle entendit
des piétinements, des froissements sourds
sur le parquet : elle comprit que son

mari procédait hâtivement avec son valet de chambre à ses apprêts de voyage. — Un peu plus tard ce fut le roulement d'une voiture sur le pavé de la cour, puis sous la voûte de l'entrée. — Il était parti.

Elle se leva. Elle avait la tête en feu. Elle ouvrit une des fenêtres de sa chambre qui donnaient sur le jardin de son hôtel et se posa les bras croisés sur la barre d'appui. L'aspect du ciel, des nuages, des murailles, des feuilles naissantes, prenait à ses yeux quelque chose d'étrange et de fantastique : elle écoutait vaguement les babillages joyeux d'une bande de moineaux, qui saluaient l'aube d'une belle journée de printemps.

Elle sortit brusquement de sa morne contemplation pour aller chez son fils et pour présider elle-même, comme elle le

faisait chaque jour, à la toilette matinale
de l'enfant. Elle prolongea ces soins ac-
coutumés autant qu'elle le put, pour se
donner le plus longtemps possible l'illusion d'un état de choses régulier et pai-
sible.

Quand la matinée s'avança, sa solitude,
au milieu des anxiétés qui la dévoraient,
lui devint intolérable : elle se décida à
appeler sa mère. Sa tendresse généreuse
avait hésité jusque-là à lui faire partager
cette journée d'angoisse, mais elle sentit
que sa tête s'égarait. Elle informa donc
en deux lignes madame de Latour-Mesnil
de ce qui se passait et lui envoya son
billet par un exprès.

Si la mère de Jeanne a cessé depuis
longtemps de figurer dans les pages de
ce récit, c'est que nous n'avions rien à en

dire que le lecteur n'ait pu aisément deviner. Un mot suffira d'ailleurs à combler
cette lacune : — madame de Latour-
Mesnil se mourait tout doucement du
beau mariage qu'elle avait fait faire à sa
fille. Elle était atteinte d'une affection de
foie compliquée de graves désordres du
côté du cœur. — C'était en vain que Jeanne
lui avait épargné non seulement les reproches, mais même les confidences. Elle
était trop femme et trop mère, elle avait
trop souffert elle-même pour s'abuser sur
la triste vérité, et elle ne se pardonnait
pas l'étrange aveuglement de vanité qui
avait voué sa fille à une destinée pire encore que la sienne. Certaines mères se
consolent du malheur officiel de leurs
filles par le bonheur de contrebande
qu'elles leur voient ou qu'elles leur sup-

18

posent : de telles consolations n'étaient
pas à l'usage de madame de Latour-Mesnil, et si quelque chose pouvait aggraver
pour elle la douleur et le remords d'avoir
voué sa fille à une infortune irrémédiable,
c'était la mortelle appréhension de l'avoir
peut-être vouée en même temps à la
honte. Elle avait eu à cet égard de
cruelles perplexités, et le seul jour heureux que la pauvre femme eût connu depuis des années était le jour récent où sa
fille, la sentant inquiète de ses relations
amicales avec M. de Lerne, lui avait sauté
au cou en s'écriant :

— Vois comme je t'embrasse !.. Je ne
t'embrasserais pas comme cela si j'étais
coupable, va !.. Je n'oserais plus !

Madame de Latour-Mesnil, à qui le
billet de Jeanne apporta la première nou-

velle du duel de M. de Maurescamp avec
le comte de Lerne, arriva chez sa fille
vers midi. Il y eut d'abord entre les deux
femmes plus de larmes que de paroles.
Après les premières effusions, Jeanne
trouva cependant une sorte de soulage-
ment à répondre aux questions pressées
de sa mère et à lui conter tout ce qu'elle
savait des circonstances de la querelle,
l'incident du bal, la scène qu'elle avait
eue avec son mari en rentrant chez elle,
et jusqu'à sa visite affolée chez Jacques
de Lerne.

Pendant qu'elle parlait avec une volu-
bilité fébrile, tantôt marchant, tantôt
s'asseyant, elle ne cessait de jeter des
regards rapides et inquiets sur la pendule de la cheminée. La rencontre devait
avoir lieu à trois heures, elle le savait. A

mesure que l'heure fatale approchait, elle était plus agitée, mais elle devenait silencieuse ; sa marche machinale d'un salon à l'autre s'accélérait : son visage s'empourprait et ses lèvres ne faisaient plus que murmurer, par intervalles, des exclamations presque enfantines :

— Oh ! maman !.. ma pauvre maman !.. quelle cruauté, quelle misère !.. quelle injustice !.. quelle injustice, mon Dieu !

Sa mère, effrayée de son état d'exaltation, se leva et, essayant de l'entraîner :

— Viens dans ta chambre, mon enfant... Allons prier !

— Prier, ma mère ? lui dit-elle presque rudement. — Et pour qui voulez-vous que je prie ? pour mon mari, ou pour l'autre ?.. Voulez-vous que je sois hypocrite... ou sacrilège ?

— Ah! prie pour ta pauvre mère qui a tant besoin de pardon! s'écria madame de Latour-Mesnil, se laissant glisser sur ses genoux et cachant sa tête dans ses mains.

— Ma mère! ma mère! dit Jeanne en la relevant avec force et en la serrant sur son cœur, qu'ai-je à vous pardonner? Ne me suis-je pas trompée comme vous?

— Ah! cela t'était permis, à toi!.. à moi cela m'était défendu!.. J'étais ta mère... j'étais ton conseiller, ton guide; la vie m'avait instruite. Ah! que j'ai été coupable!.. que j'ai été coupable de ne pas mieux choisir pour toi!.. Tu étais si digne du bonheur, ma pauvre chérie!.. Tu étais si honnête femme, et voilà où je t'ai menée!

— Mais je suis toujours honnête

18.

femme, ma mère, dit Jeanne d'un ton distrait.

Puis tout à coup, levant l'index, elle lui montra le cadran de la pendule. Madame de Latour-Mesnil vit qu'il marquait trois heures. — Une sorte d'étrange sourire crispait les lèvres de Jeanne. Elle prit le bras de sa mère et se promena lentement avec elle sans parler. Elle soupirait de temps à autre profondément.

Au bout de quelques minutes :

— C'est probablement fini à l'heure qu'il est, dit-elle, car, dans ces choses-là, on est très exact et cela dure très peu de temps, dit-on... mais, ce qu'il y a d'affreux, c'est que nous ne saurons rien avant deux ou trois heures d'ici... J'ai fait une chose, ma mère, que vous n'approuverez peut-être pas,.. mais à qui pouvais-

je m'adresser pour avoir des nouvelles? Je
ne pouvais pas les attendre jusqu'à demain, car M. de Maurescamp naturellement ne m'écrira pas... Alors j'ai prié
Louis, le vieux domestique de M. de
Lerne, qui a suivi son maître là-bas, de
m'envoyer une dépêche ce soir, aussitôt
que cela se pourrait.

Madame de Latour-Mesnil, accablée,
ne répondit que par un signe de tête
indécis.

En ce moment, elles entendirent sonner dans le vestibule le timbre qui cor-
respondait avec la loge du concierge.
Comme la porte de l'hôtel avait été rigou-
reusement condamnée depuis le matin,
cette annonce d'une visite parut singulière :

— Déjà! murmura Jeanne en s'approchant vivement d'une fenêtre qui s'ouvrait sur la cour; — déjà !.. c'est impossible !

Elle écarta le rideau et reconnut dans le personnage qui montait l'escalier du perron un professeur d'escrime ou plutôt un prévôt de salle nommé Lavarède, qui avait coutume de venir trois fois par semaine faire des armes avec le baron de Maurescamp. Très jaloux de son habileté en escrime, M. de Maurescamp, tout en fréquentant assidûment la salle d'armes, aimait aussi à s'exercer chez lui, peut-être pour ne pas livrer au public tous les secrets de son jeu.

L'apparition de cet homme, au milieu des pensées qui occupaient Jeanne et sa mère, les étonna et les alarma. Elles s'interrogeaient à demi-voix avec inquiétude, quand un domestique se présenta à la porte du salon :

— Madame, dit-il, c'est M. Lavarède, le prévôt, qui ne savait pas que M. le baron fût en voyage : il demande si M. le baron sera longtemps absent, et s'il faut qu'il revienne lui-même après-demain pour la leçon d'armes.

— Dites que je ne sais pas, répondit Jeanne. On le fera prévenir.

Le domestique sortit. — Après quelques secondes de réflexion, la jeune femme le rappela :

— Auguste, dit-elle d'une voix brève, je désire parler à M. Lavarède... Faites-le entrer dans la salle à manger... Je descends.

Alors, se retournant vers madame de Latour-Mesnil :

— Venez avec moi, ma mère; je veux
dire deux mots à cet homme... et puis
nous irons au jardin... l'air nous fera du
bien... Il fait très beau d'ailleurs... venez !

Elles descendirent en se donnant le
bras et trouvèrent dans la salle à manger un homme d'une quarantaine d'années, qui avait la tenue raide et correcte
d'un militaire en habit civil.

— Monsieur, lui dit madame de Maurescamp d'une voix un peu hésitante, j'ai
désiré vous parler... Mon mari est parti ce
matin pour la Belgique;.. vous paraissez
ignorer la cause de ce voyage ?

— Oui, Madame, je l'ignore.

— Les domestiques ne vous ont rien
dit ?

— Non, Madame.

— Ils l'ignorent peut-être eux-mêmes,

tout cela est arrivé si vite. Eh bien ! Monsieur, la cause de ce voyage, vous la soupçonnez... vous la devinez certainement au trouble affreux où vous nous voyez, ma mère et moi. A l'heure même où je vous parle, M. de Maurescamp se bat en duel.

Le prévôt ne répondit que par un léger mouvement de surprise et par un grave salut.

— Monsieur, reprit madame de Maurescamp, dont la parole était en même temps brusque et embarrassée, Monsieur, vous comprenez nos angoisses... ne pouvez-vous rien dire pour nous rassurer ?

— Pardon, Madame, puis-je savoir quel est l'adversaire ?

— L'adversaire est le comte de Lerne.

— Oh! dans ce cas-là, Madame, dit
le prévôt avec un léger sourire, je crois
que vous pouvez être bien tranquille!

Jeanne regarda fixement son inter-
locuteur :

— Tranquille?.. pourquoi ça? dit-elle.

— M. le comte de Lerne, Madame,
reprit le prévôt, est un des habitués
de notre salle : il l'était du moins...
je connais parfaitement sa force... il
tirait assez bien, et il y a eu un temps
où il aurait pu lutter avec M. le baron...
mais, depuis qu'il a été blessé au bras
dans son duel avec M. de Monthélin,
il a beaucoup perdu... il se fatigue très
vite, et il n'est pas douteux pour moi
que M. le baron n'en ait facilement
raison. Je pense donc que madame peut
être tranquille...

— Alors, dit Jeanne, après une pause, vous croyez qu'il va tuer M. de Lerne?

— Oh! le tuer,.. j'espère que non,.. mais certainement il le blessera ou il le désarmera... ce qui est le plus probable... du moins si la querelle n'est pas très sérieuse.

— Mais enfin, monsieur, reprit la jeune femme en balbutiant, vous croyez... vous êtes sûr... que je n'ai rien à craindre... pour mon mari... qu'il ne peut être blessé, lui?

— J'en suis persuadé, madame.

— C'est bien, monsieur... je vous remercie. Je vous salue, monsieur.

Elle le suivit des yeux jusqu'à ce qu'il fût sorti, puis saisissant la main de sa mère :

— Ah! ma mère, dit-elle d'une voix

étouffée, je sens que je deviens cri-
minelle!

Les portes-fenêtres de la salle à
manger s'ouvraient de plain-pied sur le
jardin de l'hôtel. La mère et la fille y
entrèrent, et s'assirent côte à côte sur
un banc entouré d'une haie de lilas déjà
verdoyants. A peine assise :

— Mais, ma mère, reprit Jeanne,
d'après ce que dit cet homme, si on le
tuait... ce serait un véritable assas-
sinat!..

— Ma fille chérie, je t'en prie!..
calme-toi... tu me fais tant de mal!..
tant de mal!.. D'ailleurs je t'assure que
ce qu'a dit cet homme est plutôt fait
pour nous donner bon espoir;... car
enfin ton mari n'est pas un monstre, et
entre gens d'honneur il y a des choses

impossibles. Si réellement M. de Lerne est resté souffrant,... fatigué de son bras...

— Oui, dit Jeanne, je m'en suis aperçue plus d'une fois.

— Eh bien! poursuivit madame de Latour-Mesnil, — ton mari l'aura remarqué certainement... et il se sera contenté de le désarmer.

— Ah! ma mère!.. il le hait tant! il nous hait tant tous deux! et puis il n'est pas bon,.. il est méchant!

Cependant elle s'attacha à cette pensée, à cet espoir, que sa mère lui suggérait. Oui, c'était assez vraisemblable en effet : M. de Maurescamp, après tout, était homme d'honneur comme le monde l'entend... Il ne voudrait pas abuser de l'inégalité des forces... et puis, pendant

220 HISTOIRE D'UNE PARISIENNE

le voyage, il se serait rappelé tout ce que sa femme lui avait dit la veille... il aurait réfléchi avec plus de sang-froid : il serait arrivé presque convaincu de son innocence, — à demi apaisé, — moins avide de vengeance...

Elle sentait aussi dans tout ce qui l'entourait une influence bienfaisante, calmante : elle la sentait dans le silence de ce jardin aux grands murs de cloître, dans l'air pur et dans le bleu du ciel, dans les odeurs de la verdure nouvelle, dans la douceur d'une belle journée à son déclin. — L'imagination ne peut que difficilement associer des idées de violence et des scènes de sang à la sérénité charmante et impassible de la nature, et il semble à ceux qui respirent la paix de la campagne ou

des jardins que la paix doit régner
partout comme elle règne autour d'eux.

Le temps passait d'ailleurs et, n'ap-
portant aucune émotion nouvelle, laissait
s'épuiser à demi les émotions anciennes.
Jeanne et sa mère, se tenant la main
sans se parler, éprouvaient toutes deux,
après les agitations aiguës de la journée,
une sorte de torpeur presque douce.

Il était un peu plus de cinq heures
du soir quand Jeanne se dressa tout à
coup; — elle avait entendu de nouveau
le timbre résonner dans le vestibule.

— Cette fois-ci... voilà ! dit-elle.

Deux minutes s'écoulèrent. — Jeanne
et sa mère étaient debout, les yeux fixés
sur la porte du vestibule. — Un domestique parut sur le seuil, un plateau à la
main :

— C'est une dépêche pour madame,
dit-il.

— Donnez, dit Jeanne, en faisant deux
pas au-devant de lui.

Elle attendit que le domestique se fût
retiré, et, sans ouvrir la dépêche, elle
regarda sa mère.

— Laisse-moi l'ouvrir ! murmura madame de Latour-Mesnil en essayant de
prendre le télégramme.

— Non, dit la jeune femme en souriant,
j'aurai le courage, va !

Elle décacheta l'enveloppe bleue.
— A peine eut-elle jeté les yeux sur la
dépêche, qu'elle lui échappa des mains :
son regard devint fixe, ses lèvres s'agi-
tèrent convulsivement, elle étendit ses
deux bras en croix, poussa un cri prolongé qui remplit tout l'hôtel et tomba

toute raide sur le sable aux pieds de sa mère.

Pendant que les domestiques accouraient à ce cri sinistre, madame de Latour-Mesnil, éperdue, se jetait sur sa fille, et, tout en lui prodiguant ses soins, ramassait fièvreusement la dépêche.

Voici ce qu'elle lut :

« Soignies, 3 heures 1/2.

» M. Jacques, blessé mortellement, vient de succomber.

» LOUIS. »

XIV

Six mois plus tard, — vers la mi-octobre de cette même année, 1877, — nous retrouvons M. et madame de Maurescamp installés maritalement à la Vénerie, magnifique propriété située entre Creil et Compiègne, et dont M. de Maurescamp avait fait l'acquisition dix-huit mois auparavant. — Il était grand chasseur : il y avait de belles chasses à la Vénerie, et c'était ce qui l'avait déterminé à acheter ce domaine pour n'avoir plus à louer des chasses de côté et d'autre chaque année.

— Il avait invité pour l'ouverture de la saison un assez grand nombre d'amis, entre autres MM. de Monthélin, d'Hermany, de la Jardye et Saville, envers qui madame de Maurescamp remplissait ses devoirs de châtelaine avec beaucoup de bon goût, de grâce et même de gaîté. On pensait généralement que la gaîté était de trop, et qu'après avoir été il y avait si peu de temps à tort ou à raison la cause de la mort d'un homme, elle eût pu ressentir ou du moins affecter une certaine mélancolie. — Mais le cœur des femmes a des mystères impénétrables.

A la suite du duel qui s'était terminé d'une manière si fatale pour le comte de Lerne, aucun argument, aucune prière n'avaient pu persuader à Jeanne de Maurescamp de demeurer sous le toit conjugal et d'y attendre le retour de son mari ; elle s'était réfugiée le soir même chez sa mère, emmenant bravement son fils. Madame de Latour-Mesnil eut la tâche délicate de négocier avec M. de Maurescamp les clauses et conditions d'un mode d'existence temporaire et convenable aux circonstances : elle ne trouva pas son gendre aussi récalcitrant qu'elle s'y était attendue : il n'était pas fâché lui-même de ne pas avoir à affronter immédiatement la présence de sa femme, sentant que sur de simples soupçons il avait peut-être, à son égard comme à l'égard de M. de Lerne, poussé les choses un peu vite et un peu loin. Personne n'est bien aise d'avoir tué un homme, et si peu sentimental que fût M. de Maurescamp, il n'était pas sans éprouver une sorte de

vague remords qui se traduisit par les dispositions conciliantes qu'il témoigna à
madame de Latour-Mesnil. Il fut donc
convenu que madame de Maurescamp
garderait son fils et qu'elle accompagne-
rait sa mère d'abord à Vichy, puis en
Suisse, à Vevey, où elles devaient toutes
deux passer l'été. Durant cet intervalle,
les sentiments de part et d'autre se cal-
meraient et s'adouciraient d'autant plus
sûrement, suivant madame de Latour-
Mesnil, qu'il n'y avait eu dans cette malheureuse aventure qu'une série de malen-
tendus.

Ce duel avait beaucoup occupé Paris
pendant huit jours. La catastrophe finale
produisit même un mouvement d'opinion
favorable à la réputation de madame de
Maurescamp; il y avait entre la cruauté

de ce dénoûment et les légères impru-
dences de conduite qu'on pouvait repro-
cher à Jeanne et à M. de Lerne une dis-
proportion qui saisit les esprits et désarma
la calomnie. On fut d'avis, en général, que
le baron de Maurescamp s'était montré
bien farouche et bien implacable envers
un homme dont le seul tort paraissait être
en réalité d'avoir fait la lecture à sa femme.
Ces propos et ces bruits du monde, en
apaisant la vanité de M. de Maurescamp
et en flattant son orgueil, ne laissèrent
pas de faciliter le rapprochement des
deux époux.

Madame de Maurescamp avait paru dans
les premiers temps absolument rebelle à
l'idée de ce rapprochement. Mais après
deux ou trois mois passés dans une sorte
de stupeur désespérée, elle sembla se ré-

veiller brusquement un beau jour, et, à la suite de réflexions inconnues, elle déclara à sa mère qu'elle se rendait à ses conseils ; elle rentrerait chez son mari : elle demandait seulement qu'on lui accordât encore quelques mois de délai :

— Il faut bien, dit-elle, non sans un reste d'amertume, lui laisser le temps de sécher ses mains.

A dater de cette résolution, son humeur se modifia profondément ; elle sembla reprendre goût à la vie, et l'avenir parut lui présenter quelque intérêt assez vif pour lui rendre une partie de son activité et de son animation.

Elle vint donc rejoindre son mari à Paris vers la fin du mois de septembre et fit sa rentrée chez elle aussi simplement

que si elle fût revenue d'un voyage ordinaire. A dire vrai, M. de Maurescamp
parut être le plus embarrassé des deux.
Du reste, ils n'avaient jamais eu l'habitude des grandes expansions ; il n'y eut
donc en apparence rien de changé entre
eux ; elle toucha, avec un léger sourire,
la main qu'il lui tendait à son arrivée, et
la santé de leur fils Robert, sa bonne
mine, sa croissance rapide, leur four-
nirent un sujet d'entretien facile qui les
mit à l'aise. — Quelques jours plus tard,
ils allaient faire leur installation au château de la Vénerie, où la compagnie de
leurs invités devait leur épargner la gêne
d'un tête-à-tête prolongé.

On se doute assez que madame de
Maurescamp fut d'abord pour les hôtes
du château et pour les voisins de cam-

pagne l'objet d'une extrême curiosité ; il était impossible de ne pas observer avec une attention très particulière la physionomie et le maintien d'une jeune femme dont le nom venait d'être mêlé à une aventure tragique de tant de mystère et de tant d'éclat. Les curieux en furent pour leurs frais; l'attitude de Jeanne était tranquille et naturelle, et à moins de lui supposer une étonnante profondeur de dissimulation — (qu'il n'est jamais téméraire, il est vrai, de supposer à son sexe), — il y avait tout lieu de penser qu'elle avait définitivement pris son parti des chagrins et des désagréments personnels qui lui avaient été si récemment infligés. On trouva même, ainsi que nous l'avons dit, qu'elle portait avec un peu trop d'aisance le deuil d'un homme mort pour

elle et qui avait été tout au moins son
ami.

— Cela n'est vraiment pas encoura-
geant ! dit un jour le beau Saville à madame d'Hermany. Si ce pauvre de Lerne
revenait au monde pour quelques minutes, il serait diablement étonné !

— Pourquoi ça, mon ami ?

— Parce que, ma parole, c'est révoltant ! dit le beau Saville, qui n'était pas
un aigle, mais qui avait bon cœur ; — on
dirait que la mort de ce pauvre garçon a
été un débarras pour elle ! Jamais je ne
l'ai vue si en train, si en l'air, si émous-
tillée ! Faites-vous donc tuer pour ces
dames !

— Mais, mon ami, personne ne songe
à vous faire tuer... Rassurez-vous... et
quant à mon amie Jeanne, c'est une per-

sonne qu'il ne faut pas juger à la légère...
Je ne sais pas du tout ce qui se passe
dans sa jolie tête,.. mais il y a dans sa
prunelle quelque chose qui ne me plai-
rait pas beaucoup, si j'étais son mari.

— Je ne vois rien du tout dans sa prunelle, moi, dit Saville.

— Naturellement ! dit madame d'Hermany.

Cette belle humeur de sa femme, qui
choquait tout le monde autour de lui,
était loin de choquer le baron de Maurescamp ; il s'en félicitait fort, au contraire :

— C'est une femme matée ! se disait-
il. Voilà ce que c'est : elle est matée !
C'est mon système,.. mater les femmes !
Depuis que la mienne a reçu une leçon,
— un peu verte, à la vérité ! — elle est
revenue au bon sens pratique ;.. elle est

cent fois plus heureuse et plus aimable... C'est parfait comme ça... parfait,
parfait !

Il s'était opéré, en effet, dans les goûts
et dans les habitudes de Jeanne un chan-
gement très bizarre et très digne d'intérêt ; au lieu de s'attacher presque uniquement, comme autrefois, aux jouissances dont l'âme et l'intelligence sont la
source, elle avait pris tout à coup le goût
à peu près exclusif des plaisirs physi-
ques. Elle n'ouvrait plus un livre ; son
piano restait fermé ; son cher livre à ser-
rure ne recevait plus ses impressions
confidentielles ni les extraits de ses
poètes préférés ; elle avait perdu ce penchant tendre à l'émotion et à l'enthousiasme qui l'avait distinguée, et elle avait
contracté cette vulgaire et détestable

manie parisienne du persiflage perpétuel.
L'équitation, la chasse, le billard, la
danse étaient désormais ses passions maîtresses. Elle suivait à cheval les chasses
à courre dans la forêt de Compiègne, à
pied les chasses à tir dans les bois de la
Vénerie, et elle ne s'en montrait pas
moins chaque soir une valseuse infatiga-
ble. Les hommes ne l'avaient jamais trou-
vée si charmante, et il faut ajouter qu'ils
ne l'avaient jamais soupçonnée d'être si
coquette ; car elle l'était devenue, et elle
apportait même dans ce vice aimable, si
nouveau pour elle, la gaucherie d'une
débutante qui n'a pas encore le juste
sentiment de la mesure. Ses vivacités
d'allure et de langage dépassaient quelquefois la nuance qui sépare la bonne
compagnie de la mauvaise. Mais cela ne

déplaisait pas à M. de Maurescamp ; il
s'en amusait, il en riait avec ses amis :

— Elle est déniaisée ! disait-il. Elle
commence une existence nouvelle... Il
y a un peu d'excès dans le ton... Elle est
comme les nouvelles mariées qui disent
des sottises le lendemain de leur noce...
mais ça passe !

Il finit pourtant, au bout d'un certain
temps, par estimer que sa femme recherchait avec un peu trop de prédilection la
société des hommes. Qu'elle leur tînt assidûment compagnie à la promenade, à
la chasse, dans la salle de billard, à la
bonne heure ! mais ce qui l'étonna un
peu, ce fut de la voir les poursuivre jusque dans la sellerie des communs où ils
se réunissaient à peu près chaque matin
pour faire des armes. Cette sellerie était

une vaste pièce monumentale, pavée en
mosaïque, bien chauffée, largement
éclairée et tout à fait convenable à ce
genre de sport. De hautes banquettes re-
couvertes de sparterie couraient le long
des murailles et servaient de sièges aux
spectateurs. — La première fois que
M. de Maurescamp et ses hôtes aperçu-
rent soudainement, à travers l'épaisse fumée de leurs cigares, Jeanne de Maurescamp assise sur une de ces banquettes,
ils éprouvèrent une sensation non seulement de surprise, mais de malaise. Elle
était entrée sans bruit, sans être remar-
quée; elle avait pris place silencieusement et regardait les tireurs qui faisaient
assaut. Il parut à tout le monde assez
extraordinaire qu'une personne qu'on
avait crue délicate et sensible vînt réga-

ler ses yeux du spectacle de ces jeux de
l'escrime qui ne pouvaient manquer de
lui rappeler tout particulièrement un
souvenir sinistre. Il fallut pourtant s'ha-
bituer à sa présence, car dès ce jour elle
ne cessa pas un seul matin de se trouver
à la sellerie à l'heure où M. de Maurescamp s'y rendait avec ses invités. L'é-
trange jeune femme semblait suivre leurs
passes d'armes avec un intérêt passionné :
un peu penchée en avant, le front sérieux, l'œil fixe, elle s'absorbait tout en-
tière dans la contemplation des parades
et des ripostes échangées entre les adversaires. Mais c'était surtout quand son
mari était en scène de sa personne que
sa curiosité et son dilettantisme sem-
blaient atteindre leur plus haut degré d'in-
tensité. Elle était alors si attentive qu'elle

n'en respirait plus. Cette extrême attention gênait même M. de Maurescamp.

Jeanne cependant, à force d'application, parvint à se connaître assez bien en
escrime ; elle se rendait compte assez net-
tement des coups, et de la force relative
des tireurs. Ce fut ainsi qu'elle put s'assurer que son mari était effectivement,
comme elle l'avait ouï dire, un tireur
d'une adresse, d'une solidité et d'une
vigueur très distinguées, et que parmi
ses hôtes du moment il n'y en avait
qu'un seul qui pût se mesurer avec lui
sans trop d'inégalité. C'était M. de Monthélin. Il eut même deux ou trois fois
l'avantage sur son hôte dans des parties
d'assaut, ce qui lui valut quelques aimables
paroles et quelques compliments flatteurs
de la part de madame de Maurescamp.

XV

M. de Monthélin, — est-il nécessaire
de le dire? — se voyant débarrassé de
la rivalité du comte de Lerne, avait
repris tout doucement auprès de madame
de Maurescamp son ancien rôle de
soupirant et de consolateur. Vers ce
temps-là, il crut se sentir sérieusement
encouragé, et il commençait à nourrir
des espérances qui ne laissaient pas
de paraître assez légitimes, quand un
événement inattendu vint de nouveau
jeter le trouble dans ses opérations.

Outre les hôtes familiers du château et les voisins, M. de Maurescamp invitait de temps à autre aux chasses de la Vénerie quelques officiers de la garnison de Compiègne qu'il avait connus à Paris ou rencontrés dans les chasses à courre de la forêt. Parmi ces officiers, qui étaient pour la plupart des hommes du monde d'une parfaite tenue, il y en avait un qui faisait exception et qu'on était un peu surpris de voir accueilli à la Vénerie. C'était un jeune capitaine de chasseurs, nommé de Soutis, bien né, mais mal élevé, d'un libertinage insolent et de mœurs grossières. Sa personne physique ne compensait nullement ce qui lui manquait du côté de la distinction sociale et morale. Il était petit, laid, blême, fort maigre,

avec de rares cheveux d'un blond pâle
et des yeux gris, d'une expression dure
et cyniquement railleuse. Mais c'était
un sportsman accompli : en matière
d'équitation, de courses, de chasses,
et généralement dans toutes les choses
du sport, c'était non seulement un con-
naisseur des plus compétents, mais un
exécutant d'une habileté supérieure.
C'était par ces qualités spéciales qu'il
avait captivé M. de Maurescamp, qui
s'était mis en tête depuis quelque temps
de faire de l'élevage et de se monter
une écurie de courses ; il ne cessait de
conférer sur ces importants sujets avec
le capitaine de Sontis et se louait fort
de ses précieux conseils.

En revanche, madame de Maurescamp avait conçu à première vue pour

ce jeune homme de mauvaise mine et de mauvais ton une antipathie qu'elle ne se donnait pas la peine de lui dissimuler. Ce fut donc avec ennui qu'elle le vit, dans les premiers jours de novembre, s'établir à la Vénerie pour trois semaines, sur l'invitation de M. de Maurescamp, car jusqu'alors il n'avait fait qu'y déjeuner ou y dîner de temps à autre, à l'occasion d'une chasse.

Dès la première matinée qu'il passa au château, M. de Sonlis fut engagé courtoisement à accompagner M. de Maurescamp et deux ou trois de ses hôtes à la sellerie pour y faire un peu d'escrime, si le cœur lui en disait. M. de Sonlis dit qu'il serait enchanté de se dérouiller le poignet, attendu qu'il y avait très longtemps qu'il n'avait

tiré. Après avoir espadonné contre le
mur pendant quelques minutes, il accepta un petit assaut anodin avec le
maître de la maison. Ils se mirent donc
en présence, et M. de Maurescamp ne
fut pas peu surpris de trouver dans ce
chétif personnage un adversaire des
plus sérieux. Ce petit homme frêle
avait un coup d'œil, une souplesse et
des allonges de tigre. Un peu étonné
d'abord par la vigueur du jeu de M. de
Maurescamp, il se remit vite et prit un
avantage absolu dans la seconde partie
de l'assaut. M. de Maurescamp, piqué,
dit en riant qu'il espérait avoir sa
revanche le lendemain.

— Soit! dit M. de Sontis, tout à vos
ordres ; mais je vous avertis que maintenant je vous tiens et que vous me

toucherez quand ça me fera plaisir.

— Nous verrons ça ! dit M. de Maurescamp très sèchement.

Jeanne avait assisté ce matin-là, comme
de coutume, à la séance d'escrime. Elle
en sortit avec un air de gravité et de mé-
ditation qui ne lui était pas habituel depuis qu'elle était entrée dans sa seconde
manière ; elle fut rêveuse tout le jour.

Elle ne manqua pas de se rendre à
la séance du lendemain.

M. de Maurescamp et le capitaine de
Sontis engagèrent un assaut auquel la
petite scène de la veille prêtait un intérêt
exceptionnel. La curiosité de tous les
spectateurs était manifestement surex-
citée ; mais celle de madame de Maurescamp était portée au dernier degré, et ses
traits tendus exprimaient, pendant qu'elle

21.

suivait les phases et les péripéties de la lutte, un intérêt ou plutôt une anxiété tout à fait hors de mesure avec les circonstances.

Cet assaut fut un désastre pour le baron de Maurescamp. Le jeune officier de chasseurs, quoique très inégal à son hôte en force musculaire, n'en était pas moins, sous sa frêle apparence, d'une trempe d'acier. Il était dès longtemps passé maître en fait d'escrime, et il s'était vite rendu compte des faiblesses et des lacunes du jeu, d'ailleurs très redoutable, de M. de Maurescamp. Il avait reconnu qu'il avait sous les armes le défaut habituel des hommes très vigoureux et très sanguins, c'est-à-dire la tendance à trop compter sur leur vigueur et à abuser même inconsciemment des effets de force.

Doué lui-même d'une légèreté et d'une précision de main incomparables, et aussi sûr de son œil que de sa main, M. de Sontis ne laissait aucune prise à son adversaire : il le troublait et l'éblouissait par des feintes rapides, profitant des écarts auxquels se livrent toujours dans la parade les épées violentes, pour lancer des dégagements d'une vitesse foudroyante. M. de Maurescamp avait devant lui une épée invisible et intangible ; il ne la sentait pour ainsi dire que quand elle touchait sa poitrine. En résumé, il reçut dans cet assaut cinq ou six coups de bouton et n'en donna pas un seul.

L'amour-propre très irritable de M. de Maurescamp ne lui permit pas d'avouer son infériorité décisive. Il convint seule-

ment qu'il n'était pas en train ce jour-là.
Il voulut renouveler l'épreuve les jours
suivants; mais elle ne lui réussit pas davantage, et s'il parvint deux ou trois fois
dans autant d'assauts successifs à faire
sentir le bouton de son fleuret à M. de
Sontis, il parut évident à tout le monde
que celui-ci y avait mis de la politesse. —
Bref, ennuyé et dépité, M. de Maurescamp
s'abstint dès ce moment sous différents
prétextes de faire des armes le matin.

XVI

Les femmes aiment les vaillants et les
victorieux. Ce futs ans doute en vertu de
ce goût noble, si remarquable chez son
sexe, que madame de Maurescamp parut
tout à coup pardonner à l'officier de chasseurs sa méchante mine et sa méchante
réputation et qu'elle commença m ême
visiblement à honorer d'une bienveillance
particulière un homme pour lequel elle
avait montré jusque-là une indifférence
méprisante voisine de l'aversion. Si peu
préparé qu'il fût à des bonnes fortunes de

cette volée, M. de Sontis ne put guère se
méprendre sur le caractère des attentions
dont il était favorisé. Il n'y répondit cependant d'abord qu'avec beaucoup de réserve, soit qu'habitué à de basses amours
de garnison, il se trouvât intimidé devant
une élégante et raffinée mondaine comme
Jeanne de Maurescamp, soit qu'il flairât,
— car il était très fin, — quelque piège
inconnu sous des prévenances dont il
avait peut-être le bon esprit de se sentir
indigne.

Si étrange que fût l'aventure, il ne paraissait pas douteux que cette femme
charmante, délicate et chaste, se fût
éprise de ce mauvais sujet blême et vulgaire. Pendant la dernière semaine du
séjour que le jeune officier devait faire à
la Vénerie, les symptômes de la folle pas-

sion de Jeanne se trahirent de plus en
plus aux yeux curieux et jaloux qui l'ob-
servaient. On s'étonnait même beaucoup
qu'un manège si significatif échappât à
celui qui avait le plus d'intérêt à le remarquer, c'est-à-dire au baron de Maurescamp, qui avait pourtant fait ses preuves de susceptibilité conjugale. On s'en
étonnait d'autant plus que madame de
Maurescamp ne se piquait pas d'une dissimulation extraordinaire : elle était plutôt imprudente. Elle donnait souvent à
son mari le spectacle de ses apartés mystérieux avec M. de Sontis ; elle choisissait
maladroitement le moment où son mari
traversait la cour pour jeter par la fenêtre
une fleur de son corsage à l'officier de
chasseurs ; elle s'attardait avec lui dans
les promenades à cheval, se perdait dans

les bois et ne rentrait qu'à la nuit tom-
bante au moment où M. de Maurescamp
commençait à s'impatienter, sinon à s'inquiéter. Finalement, elle valsait toute la
soirée avec le capitaine en lui parlant dans
le visage avec des sourires et des œillades
à lui mettre le feu dans les veines.

Si réservé et si défiant qu'eût paru
d'abord M. de Sontis, il était impossible
qu'il résistât longtemps à de pareilles dé-
monstrations. — Peut-être aussi reçut-il
des gages suffisants pour dissiper ses premières appréhensions. — Quoi qu'il en
soit, il ne tarda pas à partager la passion
violente qu'il avait su inspirer. Il apporta
même dans cet amour si nouveau pour
lui une sorte d'exaltation sombre et farouche dont madame de Maurescamp
paraissait s'amuser.

M. de Maurescamp continuait de ne rien voir. — Cependant, pour une raison ou pour une autre, il était préoccupé ; il était moins expansif, moins bruyant, moins prépondérant que de coutume : il devenait presque mélancolique. Son visage haut en couleur se nuançait par moments de taches pâles ou vertes. Un observateur intelligent eût été frappé des regards audacieusement ironiques que sa femme attachait parfois sur lui et auxquels il semblait se dérober avec ennui.

Le 28 novembre était la dernière journée que le capitaine de Sontis dût passer au château. — On ne chassa pas ce jour-là. — M. de Maurescamp était allé le matin, après déjeuner, surveiller des réparations qu'on faisait au pavillon de son garde. Pour rentrer au château, il avait

coutume, en quittant les grandes avenues
du parc, de prendre une allée qu'on
appelait l'allée de Diane et qui abrégeait
le chemin. Elle traversait un épais bos-
quet qui était un coin de l'ancien parc e
dont on devait faire un verger ; en attendant, il restait à l'état sauvage et formait
une sorte de petit bois sacré très solitaire.
L'allée de Diane devait son nom à une
vieille statue dont le socle seul était
demeuré debout, la tête de la déesse
ayant roulé dans l'herbe. Un lieu si retiré
et si mystérieux était tout propre à des
promenades et à des confidences d'amoureux. Mais ce fut pourtant une bien
grande imprévoyance, de la part de Jeanne
de Maurescamp, de l'avoir choisi ce
matin-là pour théâtre de ses tendres
adieux à l'officier de chasseurs. Elle

n'ignorait pas l'excursion matinale de son
mari à la maison du garde ; elle savait
quel chemin il devait suivre pour en revenir ; comment pouvait-elle pousser
l'aveuglement de la passion jusqu'à oublier qu'il passerait vraisemblablement
par cette allée à l'heure même où elle y
avait donné rendez-vous à M. de Sontis ?

Quoi qu'il en soit, ils étaient là, elle et
lui, fort occupés l'un de l'autre : ils
avaient pris place côte à côte sur un vieux
banc rustique, ménagé dans une rotonde
de verdure, en face de la statue renversée.
A la veille de son départ, l'officier se
montrait plus pressant, Jeanne plus
faible : ils se parlaient à voix basse, se
tenaient la main, et leurs visages se tou-
chaient presque, quand M. de Sontis
surprit dans les yeux de madame de Mau-

rescamp une étincelle subite, une flamme qui évidemment ne s'adressait pas à lui : se retournant vivement du côté du bois, il suivit la direction des regards de la jeune femme, et il vit un peu confusément à travers les arbres, vers l'extrémité de l'allée, un homme qui paraissait hésiter à avancer; puis brusquement cet homme tourna le dos, prit une autre route et disparut dans le fourré. — M. de Sontis avait cru reconnaître M. de Maurescam p.

— N'est-ce pas votre mari? dit-il à Jeanne.

— Oui.

— Croyez-vous qu'il nous ait vus? demanda-t-il.

— J'ignore, dit Jeanne. — Mais, s'il nous a vus, c'est un lâche !

Qu'il les eût vus ou non, M. de Maurescamp rentra tranquillement au château
par les avenues plus longues, mais plus
commodes, du parc moderne. Il sortit de
nouveau presque aussitôt et passa le reste
du jour à inspecter ses plantations et ses
coupes de bois. Il ne reparut qu'au premier coup de cloche du dîner.

Ce fut peut-être par un effet de la pré-
vention que le capitaine de Sontis, en
descendant au salon, crut remarquer dans
l'accueil de son hôte un peu de contrainte
et une certaine altération dans ses traits.
— On alla dîner. — Il y avait une ving-
taine de convives à table. On se formalisa
un peu de voir madame de Maurescamp
placer à sa droite le capitaine de chasseurs, qui était parmi ses hôtes un des
plus jeunes et un des moins considéra-

22.

rables; mais il partait le lendemain, et cette circonstance expliquait jusqu'à un certain point l'honneur excessif qu'on lui faisait. Soit que ce détail d'étiquette eût mécontenté un certain nombre de convives, soit qu'il y eût dans l'air un de ces vagues malaises précurseurs des orages, le commencement du dîner fut silencieux et glacial. Mais l'abondance et l'excellence des vins, qui arrosaient une chère exquise, ne tardèrent pas à chasser ces brouillards, à éclairer les fronts et à réveiller les esprits. L'animation de l'entretien finit même par atteindre un diapason plus élevé que de coutume, comme il arrive assez fréquemment quand on a dû faire effort pour vaincre un premier moment de froideur et d'embarras. Bref, ce dîner, qui avait débuté sur le mode funéraire, se terminait en un brillant repas de chasseurs et de viveurs, dont la présence de quelques jolies femmes surexcitait la belle humeur. M. de Maurescamp lui-même, qui buvait sec à son ordinaire, mais qui ce soir-là avait vidé son verre plus souvent que de raison, semblait délivré des nuages qui depuis quelque temps pesaient sur son esprit. Peut-être fêtait-il secrètement dans son cœur le départ prochain d'un hôte incommode. Il avait repris en tout cas son ton d'assurance et d'autorité, et il voulait bien communiquer à ses hôtes, de sa voix grasse et triomphale, quelques-uns de ses principes et de ses systèmes favoris.

Madame de Maurescamp, de son côté, prodiguait à M. de Sontis des grâces dont

il était, malgré son aplomb, visiblement
embarrassé : en même temps, apparemment pour imiter son mari, elle s'amusait
à boire de pleins verres de sauterne et
de champagne, ce qui lui procurait des
accès de gaieté extraordinaires. Entre ces
crises d'hilarité bruyante, elle tombait
par intervalles dans de vagues rêveries,
semblable à une bacchante fatiguée.

— Au dessert, elle déclara qu'on prendrait le café dans la salle à manger : on
était en train, on était en verve ; si l'on
s'en allait chacun de son côté, les uns au
salon, les autres au fumoir, cela rom-
prait le charme... On allait donc rester
là tous ensemble, et elle permettait aux
hommes de fumer. Cette déclaration fut
saluée par les applaudissements des convives.

On apporta le café : on fit circuler les cigares. — Jeanne de Maurescamp annonça qu'elle avait envie d'essayer de fumer et prit un cigare sur le plateau.

— Allons! vous allez vous faire mal, s'écria M. de Maurescamp; prenez au moins une cigarette.

— Non! non! je veux un cigare! dit la jeune femme, dont les yeux étaient un peu troublés.

M. de Maurescamp haussa les épaules et ne dit plus rien.

Elle fit craquer une allumette, en approcha son cigare, et se mit à fumer résolument, aux exclamations de l'assistance.

Au bout de deux ou trois minutes :

— Tiens! dit-elle, vous aviez raison... ça me fait mal!

Puis, se tournant soudainement vers son voisin de droite :

— Capitaine, lui dit-elle en ôtant de ses lèvres le cigare humide et en le lui présentant, — tenez, finissez mon cigare !

Sur ce geste, sur ces simples mots, il sembla que les vingt convives, — si vivants et si bruyants, — fussent devenus de marbre : — il se fit tout à coup un tel silence qu'on put entendre, au dehors, comme si la salle eût été vide, les murmures du vent d'hiver.

Tous les yeux, qui s'étaient d'abord fixés sur Jeanne, se reportèrent sur son mari, qui était naturellement assis en face d'elle ; il était extrêmement pâle : il regardait M. de Sontis, et il attendait.

L'officier de chasseurs hésita : il interrogea d'un air grave les yeux de Jeanne.

— Eh bien! dit-elle, de quoi avez-vous peur?

Il n'hésita plus : il prit le cigare qu'elle lui offrait et le mit entre ses dents.

Au même instant, le baron de Maurescamp retira de sa bouche son propre cigare, et le lança violemment au visage de M. de Sonlis :

— Finissez aussi le mien, capitaine! lui cria-t-il.

Le cigare à demi fumé vint s'écraser sur la face du capitaine, et il en jaillit des étincelles.

Tout le monde s'était levé.

— Au milieu de la confusion et de la stupeur générales, Jeanne, subitement dégrisée, se tenait elle-même debout, froide, impassible, s'appuyant d'une main sur sa chaise : son beau visage, — que nous

avons connu si pur et si noble, — semblait recouvert du masque de Tisiphone :
il exprimait ce mélange d'horreur et de
joie sauvage qu'on dut lire sur le front
charmant de Marie Stuart quand elle entendit l'explosion qui la vengeait du meur-
trier de Rizzio.

XVII

A la suite de cette scène, dont les con-
séquences menaçaient d'être tragiques,
la plupart des invités s'éclipsèrent dis-
crètement ; les voisins de campagne firent
atteler à la hâte, les autres prirent le
train du soir pour regagner Paris : il ne
resta au château que les amis les plus familiers.

Le capitaine de Sontis s'était naturellement retiré le premier. Il était allé s'in-
staller pour la nuit dans le village le plus
rapproché de la Vénerie. — Un duel étant

reconnu inévitable, deux officiers de son
régiment, qui avaient également assisté au
dîner, se mirent aussitôt en rapport avec
MM. d'Hermany et de la Jardye, que M.
de Maurescamp avait de nouveau consti-
tués pour ses témoins.

Nous ne fatiguerons pas une seconde
fois le lecteur du détail circonstancié des
pourparlers qui eurent lieu entre les témoins des deux parties. Il n'y eut, bien
entendu, aucune tentative d'accommode-
ment. Quant au choix des armes, il était
bien clair que M. de Maurescamp, après
ce qui s'était passé dans ses différentes
parties d'escrime avec M. de Sontis, eût
désiré se battre au pistolet; mais si l'acte
de fort mauvais goût que l'officier de chasseurs s'était permis sur l'invitation de madame de Maurescamp avait d'abord donné

au mari le rôle d'offensé, celui-ci avait perdu ce caractère en se laissant emporter au point de répondre à cet acte de mauvais goût par un outrage mortel. — Du reste l'orgueil de M. de Maurescamp, l'inspirant bien cette fois, lui fit accepter sans contestation le choix de l'épée, quelles que pussent être ses réflexions intérieures.

Il fut décidé que l'on se rencontrerait le lendemain matin à dix heures dans une clairière du bois des Marnes, qui était contigu aux bois de la Vénerie. — Car il n'avait pas paru convenable qu'on se battît dans la propriété de M. de Maurescamp.

Il n'y eut pas beaucoup de sommeil au château cette nuit-là. — Les hôtes étrangers tenaient dans leurs appartements

particuliers des conciliabules animés : on
colportait les nouvelles de chambre en
chambre, les hommes discutant les questions de point d'honneur, les femmes,
excitées et nerveuses, pérorant à demi-
voix, essuyant quelques larmes et se di-
vertissant au fond infiniment. — Il est
inutile d'ajouter que tout le personnel domestique du château, depuis les cuisines
jusqu'aux écuries, était agité des mêmes
émotions, c'est-à-dire livré à cette inquiétude joyeuse et à cette fièvre agréable
que nous font éprouver en général les
dangers des autres.

Quant aux deux maîtres de la maison,
il est assez vraisemblable qu'ils ne dor-
mirent pas davantage. M. de Maurescamp, comprenant que la circonstance
était des plus graves, dut mettre un ordre

sérieux dans ses affaires. — Jeanne ne voulut voir personne : on sut seulement, par le rapport de sa femme de chambre, qu'elle avait passé la nuit à marcher de long en large, en parlant tout haut, — *comme une actrice*.

Le jour triste d'une fin de novembre s'était levé sur les bois depuis une heure environ, quand M. de Maurescamp, dont l'appartement était au rez-de-chaussée, sortit de chez lui le lendemain pour fumer un cigare dans la cour. Il arriva, en se promenant, devant la grille de l'entrée et se trouva en face d'un jeune paysan de treize à quatorze ans qui s'arrêta brusquement en l'apercevant ; il crut le reconnaître pour un garçon d'écurie employé dans l'auberge du village. L'attitude de l'enfant était si confuse et si embarrassée

23.

que M. de Maurescamp, malgré ses préoccupations du moment, en fut frappé.

— Qu'est-ce que c'est? Où vas-tu? lui dit-il.

— Au château, balbutia le jeune garçon en rougissant.

En même temps il tenait gauchement une de ses mains cachée sous sa blouse.

— Qu'est-ce tu vas faire au château? reprit M. de Maurescamp.

— Parler à mademoiselle Julie.

Julie était la femme de chambre de madame de Maurescamp.

— Qu'est-ce qui t'envoie, mon garçon?

— Un monsieur, murmura l'enfant de plus en plus intimidé.

— Un monsieur qui est logé dans ton auberge, hé?

— Oui.

— Un officier ?

— Oui.

— Qu'est-ce que tu caches là sous ta blouse,.. une lettre,.. quoi ? Donne-moi cette lettre.. Allons... donne !

L'enfant, près de pleurer, se laissa prendre moitié de gré, moitié de force, un pli cacheté qu'il froissait dans sa main crispée.

La lettre n'avait pas d'adresse.

— Pour qui cette lettre, mon garçon ?

— Pour madame, dit l'enfant.

— Ainsi on t'a chargé de la remettre à mademoiselle Julie pour qu'elle la remît elle-même à madame ?

L'enfant fit signe que oui.

— Eh bien ! mon garçon, dit M. de Maurescamp, je vais faire ta commission... Viens avec moi pour attendre la réponse, s'il y en a une.

M. de Maurescamp, suivi par le jeune paysan, retourna sur ses pas, traversa la cour rapidement, laissa l'enfant dans le vestibule et entra chez lui. A peine dans sa chambre, il déchira l'enveloppe de la lettre destinée à sa femme et y lut ces mots qui n'étaient pas signés, mais dont la provenance n'était pas douteuse :

« Soyez sans inquiétude. Pour l'amour de vous, je le ménagerai. »

Le premier mouvement de M. de Maurescamp, fut de déchirer et de jeter au feu cet insolent billet. Mais une réflexion l'arrêta. Il prit une enveloppe neuve sur son bureau, y glissa le billet et la ferma. — Il avait été saisi

tout à coup d'une curiosité étrange :
il voulait savoir si sa femme répondrait
à ce message et ce qu'elle y répondrait.

Il alla rejoindre le petit paysan dans
le vestibule :

— Mon garçon, lui dit-il en lui
rendant la lettre, je n'ai pu trouver
mademoiselle Julie par ici... Elle doit
être dans les offices... Va sonner à
cette petite porte en face... Tu la
demanderas... Tiens! voilà cent sous
pour ta peine.

L'enfant remercia et se dirigea vers
la porte des offices. — M. de Maurescamp, de son côté, s'avança de
nouveau vers la grille, sortit de la cour
et gagna la route du village, sur laquelle il se mit à se promener à
petits pas.

Chose singulière! dans une heure il allait jouer sa vie avec les chances les plus redoutables, et cette pensée, si sérieuse qu'elle fût, s'était en ce moment effacée dans son esprit devant cette préoccupation unique : — Qu'est-ce que ma femme va répondre?

En réalité, cet homme d'une énergie toute physique avait mal résisté aux anxiétés dont il avait été secrètement torturé depuis quelques semaines. Son moral s'était affaissé sous l'étonnement, sous l'impression prolongée de cette haine sombre, de cette vengeance préméditée, savante, implacable dont il se sentait la proie. Habitué à traiter les femmes comme des enfants et des jouets, il était stupéfait et même terrifié d'avoir rencontré tout à coup chez un de ces êtres frêles et méprisés une profondeur de vues et une force de volonté contre lesquelles toutes ses puissances personnelles, — vigueur physique, fortune, situation sociale, autorité conjugale, — n'avaient aucune prise et n'étaient plus qu'un néant.

Peut-être eût-il payé bien cher en cet instant de détresse profonde un mot de bonté, d'intérêt, même de pitié de la part de cette femme autrefois si dédaignée,.. Peut-être espérait-il lire ce mot dans la réponse attendue...

Au bout de dix minutes, le jeune paysan reparut, sortant du château. Tout à fait rassuré par le dénouement de sa première entrevue avec M. de Maurescamp, il ne prit même pas la peine de lui cacher cette fois le message dont il était porteur. Il passait en le saluant et en souriant :

— Ah! dit M. de Maurescamp, l'arrê-tant, tu as la réponse! montre-la-moi donc... Je sais de quoi il s'agit,.. j'aurai peut-être quelque chose à y ajou-ter. — En même temps, il lui mettait de nouveau une pièce d'argent dans la main.

Il prit la lettre. L'enveloppe étant toute fraîche et encore humide, il n'eut pas besoin de la déchirer pour l'ouvrir. — Il trouva dans cette enveloppe le billet du capitaine de Sontis que madame de Maurescamp lui renvoyait après y avoir écrit sa réponse.

Au-dessous de cette ligne de la main du capitaine :

« Soyez sans inquiétude. Pour l'amour de vous, je le ménagerai. »

Madame de Maurescamp avait écrit simplement :

« Ne vous gênez donc pas, je vous en prie ! »

Le baron de Maurescamp, après avoir lu, remit le billet sous l'enveloppe, et le rendit à l'enfant qui s'éloigna.

XVIII

Une heure et demie plus tard, le duel avait lieu dans le bois des Marnes, et M. de Maurescamp recevait un coup d'épée en pleine poitrine.

On crut longtemps qu'il n'y survivrait pas, car les poumons avaient été lésés. Mais la force de son tempérament le sauva. — Sa santé néanmoins demeure précaire et son moral paraît devoir rester toujours inquiet et abattu.

Il semble avoir admis d'ailleurs, avec la partie la plus indulgente du public,

que sa femme, dans cette affaire du
capitaine de Sontis, n'avait eu en réalité
d'autre tort que de boire un peu trop
de sauterne et de fumer un cigare qui
avait achevé de lui ôter la conscience
de ses actes. Il a donc pu continuer de
vivre avec elle en termes convenables,
et il lui montre même une sorte de
déférence résignée et soumise assez sur-
prenante de la part d'un homme autrefois si impérieux et si plein de lui-
même.

Il est vrai qu'il a réussi à modifier
complètement le naturel de sa femme
et qu'il doit être satisfait de son ouvrage.
Jeanne n'est plus romanesque ; elle ne
lit plus Tennyson. Depuis qu'on lui a
tué son complice d'idéal, l'idéal même
est mort pour elle. Après avoir affecté

d'abord, par un esprit d'ironie venge-
resse, les allures d'une femme uniquement avide de plaisir, de mouvement
et de sensualité, elle semble maintenant par découragement et par abandon
d'elle-même, jouer ce rôle au naturel.

Froide, railleuse, coquette à outrance,
mondaine furieuse, indifférente à tout, elle
ne paraît garder, depuis la mort récente
de sa mère, qu'un sentiment honnête
et élevé, — c'est celui qui la conduit
trois fois chaque semaine au chevet
d'une vieille femme paralytique qui est
tombée en enfance, — la comtesse de
Lerne.

Nous ne dirons rien de plus de
Jeanne-Bérengère de Latour-Mesnil,
baronne de Maurescamp. Nous avons
cessé — de même que le lecteur

probablement, — de nous intéresser à elle depuis que son atroce réponse au billet de M. de Sontis nous a démontré que cet ange était décidément devenu un monstre.

La conclusion de cette histoire trop véritable est que, dans l'ordre moral, il ne naît point de monstres : Dieu n'en fait pas; — mais les hommes en font beaucoup. — C'est ce que les mères ne doivent pas oublier.

FIN

2694-81. — CORBEIL. Typ. et stér. CRÉTÉ.

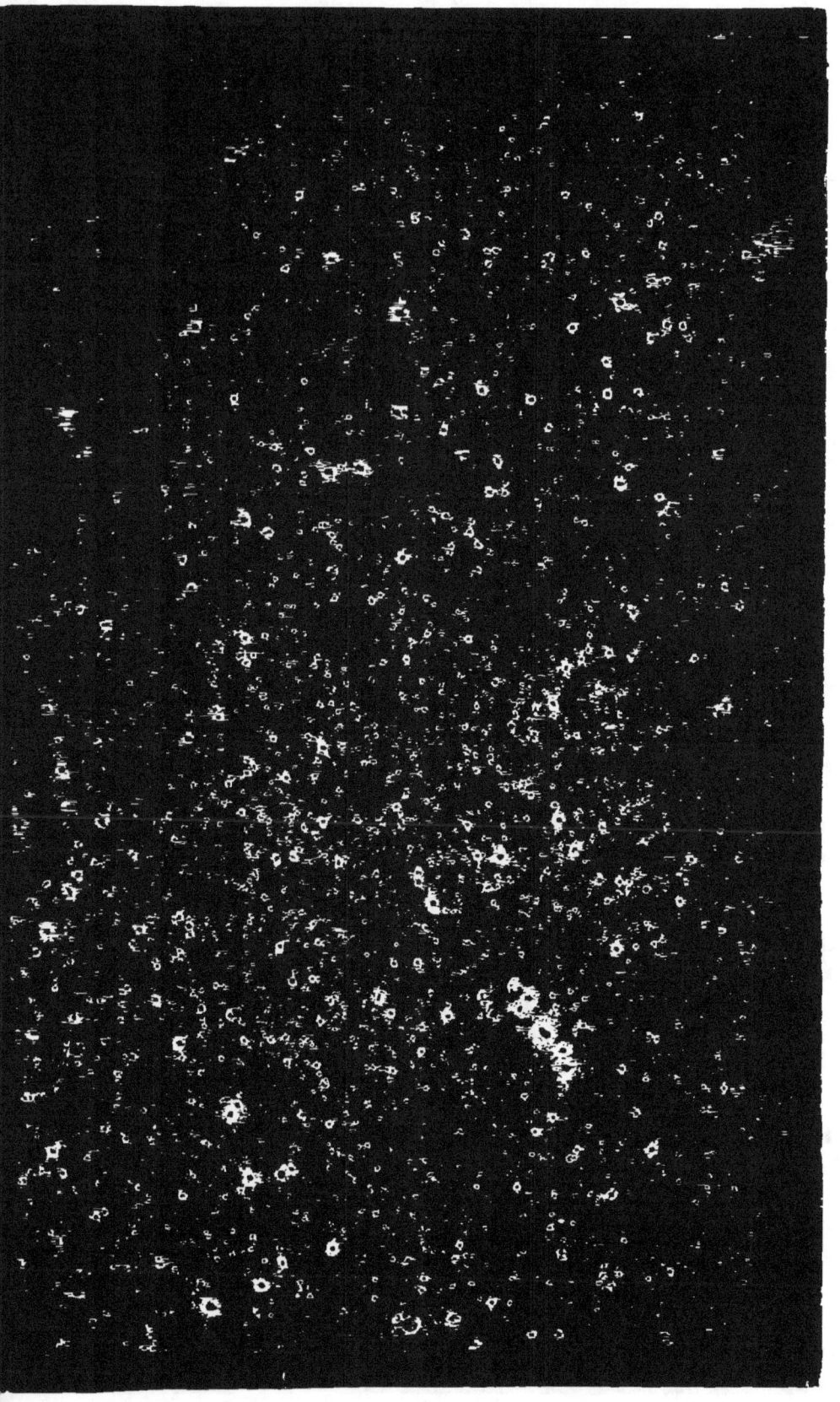